D1994320

Lisa und die Pferde

Pia Hagmar

Lisa, verliebt!

Aus dem Schwedischen von Dagmar Lendt

KOSMOS

Umschlaggestaltung von Friedhelm Steinen-Broo, eStudio Calamar
unter Verwendung eines Fotos von Horst Streitferdt, Böblingen.
Aus dem Schwedischen übersetzt von Dagmar Lendt, Berlin.

Titel der schwedischen Originalausgabe: Klara i Hallondalen
Copyright © Pia Hagmar, 2001
Erstausgabe bei B. Wahlströms Bokförlag AB 2001.
Published by agreement with B. Wahlströms Bokförlag AB, Sweden.

In dieser Reihe sind außerdem bei KOSMOS erschienen:
siehe Seite 123
Weitere Bände folgen.

Informationen senden wir Ihnen gerne zu

Bücher · Kalender · Spiele · Experimentierkästen · CDs · Videos

Natur · Garten & Zimmerpflanzen · Heimtiere · Pferde & Reiten · Astronomie · Angeln & Jagd · Eisenbahn & Nutzfahrzeuge · Kinder & Jugend

KOSMOS Postfach 106011
D-70049 Stuttgart
TELEFON +49 (0)711-2191-0
FAX +49 (0)711-2191-422
WEB www.kosmos.de
E-MAIL info@kosmos.de

Dieses Buch folgt den Regeln der neuen Rechtschreibung.

Bibliografische Information der Deutschen Bibliothek
Die Deutsche Bibliothek verzeichnet diese Publikation in der Deutschen Nationalbibliografie; detaillierte bibliografische Daten sind im Internet über http://dnb.ddb.de abrufbar.

© 2003, Franckh-Kosmos Verlags-GmbH & Co., Stuttgart
Alle Rechte vorbehalten
ISBN 3-440-08807-3
Lektorat: Ellen Heyn, Düsseldorf
Produktion: Ralf Paucke
Satz: DOPPELPUNKT Auch & Grätzbach GbR, Leonberg
Druck: Finidr s.r.o., Český Těšín
Printed in Czech Republic / Imprimé en République tchèque

Für Magriffe, meine größte Inspirationsquelle

1

Es ist so früh am Morgen, dass der Tau noch auf dem Gras liegt. Als ich um die Hausecke biege, stehen da zwei Rehe und knabbern an Mamas Rosenbüschen. Sie haben schon fast alle rosa Blüten abgefressen. Mama kriegt einen Anfall, wenn sie das sieht. Die Rehe hören mich kommen und heben die Köpfe. Einen kurzen Moment lang sehen sie mich mit ihren sanften, braunen Augen an, dann verschwinden sie mit anmutigen Sprüngen Richtung Waldrand. Es sieht aus, als würden sie den Boden kaum berühren.

Auf der Koppel ist das Gras bis auf die Wurzeln abgefressen. Um Mittsommer herum war das Gras kniehoch und saftig grün, jetzt sind nur noch einzelne gelbbraune Büschel übrig. Die Sommerferien sind vorbei. In zwei Stunden ist es Zeit, die große Allee hinunterzugehen und auf den Schulbus zu warten. Aber bis es so weit ist, werde ich mich auf meine Art vom Sommer verabschieden. Mit Stars hellbraunem Zaumzeug über dem Arm krieche ich unter dem Elektrozaun durch und laufe über die Koppel.

Star und Olle stehen wie immer in der hintersten Ecke. Seite an Seite, ganz dicht nebeneinander. Ein kleines schwarzes Pony und ein größeres braunes. Sie sehen nicht so aus, als wollten sie gestört werden, aber ich habe die Taschen voller Mohrrübenstückchen, um sie zu überreden. Star knufft mich mit seinem weichen grauen Maul neugierig an. Er weiß, dass ich immer etwas Leckeres für ihn dabeihabe. Seine dunklen Augen schimmern durch den langen Stirnschopf und funkeln vor gieriger Erwartung.

Während er kaut, ziehe ich das Zaumzeug über seinen Kopf und schiebe ihm das Gebiss ins Maul. Widerwillig folgt er mir, als ich ihn zum Gatter führe. Olle hebt seinen braunen Kopf und wiehert sehnsüchtig. Star antwortet ihm. Die beiden tun mir kein bisschen Leid. Sie können den ganzen Tag draußen auf der Koppel faulenzen, während ich im Klassenzimmer sitzen muss. Wenn hier jemand Mitleid verdient, dann bin ich das.

Ich nehme Anlauf und schwinge mich auf Star. Es ist immer ein kritischer Augenblick, wenn ich dann bäuchlings über seinem Rücken hänge. Manchmal rast Star ausgerechnet in dem Moment los, nur weil er weiß, dass ich völlig hilflos bin. Aber jetzt ist er zum Glück viel zu morgenfaul für solche Scherze.

Auf Stars Rücken fühle ich mich mehr zu Hause als sonst irgendwo. Der Gedanke, dass ich ihn erst vor einem halben Jahr bekommen habe, ist unfassbar. Inzwischen habe ich mich daran gewöhnt, Pferdebesitzerin zu sein. Aber ich weiß noch gut, was für ein Gefühl es war, als Mama mich triumphierend ansah und sagte:

»Lisa Andersson, Pferdebesitzerin. Hört sich nicht schlecht an, was?«

Damals hatte sie gerade beschlossen, Star für mich zu kaufen, obwohl Papa es für eine bescheuerte Idee hielt. Wahrscheinlich hat sie es nur deshalb getan, um ihn zu ärgern. Seit die beiden geschieden sind, hat Mama sich alle Mühe gegeben, immer das Gegenteil von dem zu tun, was Papa will.

Sobald wir in den Wald kommen, stellt Star die Ohren nach vorn und will ausgreifen. Olle ist vergessen und alle

Morgenmüdigkeit auch. Ungeduldig drängt er vorwärts. Ich klammere mich an seiner Mähne fest und drücke ihm die Schenkel in die Flanken. Star reagiert sofort. Wir stürmen den Waldweg in vollem Galopp entlang. Die Hufe donnern über den Boden und ich hänge tief über Stars Hals.

Durch die Jeans fühle ich, wie seine Muskeln arbeiten. Seine Wärme und Kraft geht auf mich über. Die zwei Sommerwochen im Reitlager haben mich sicherer gemacht. Ich habe gelernt, wie man ein Pferd rückwärts richtet und wie man korrekt angaloppiert. Unsere Hinterhandwendungen sehen am Schluss meistens noch ein bisschen komisch aus, aber ich weiß wenigstens, was ich tun muss. Gesprungen sind wir im Reitlager auch, sowohl draußen im Wald als auch auf dem Reitplatz. Wir haben eigentlich eine ganze Menge gelernt, Star und ich. Aber am wichtigsten ist, dass ich mich jetzt auf Stars Rücken absolut sicher fühle. Wir zwei haben uns richtig gut kennen gelernt. Ich vertraue ihm und er vertraut mir.

Der Galopp führt uns tief in den Wald hinein. Ich schiele auf die Uhr. Höchste Zeit zum Umkehren, wenn wir noch rechtzeitig zu Hause sein wollen. Ich lasse Star am langen Zügel Schritt gehen und schaukle mit seinen Bewegungen mit. Eigentlich hätte ich wohl Kristin wecken müssen. Vielleicht ist sie sauer, weil ich allein ausgeritten bin, ohne sie zu fragen, ob sie mitkommt. Aber ich wollte den letzten kostbaren Morgen der Sommerferien allein mit Star genießen und mit niemandem sonst.

Kristin. Ich weiß gar nicht recht, wie ich sie nennen soll. Schwer zu sagen. Ist sie die Nachbarstochter, meine Freundin oder meine große Schwester? Vielleicht ist sie alles auf einmal?

Meine Mutter und ich haben die eine Wohnung in dem großen roten Haus gemietet. Lasse, der Hauseigentümer, wohnt in der anderen. Aber es ist gut möglich, dass die beiden Wohnungen bald zusammengelegt und wir *eine* Familie werden, denn Mama und Lasse sind ein Liebespaar.

Am Anfang hatte ich ein bisschen Angst vor Kristin. Sie sah mich mit kalten Augen an und ich hatte gleich im Gefühl, dass sie mich nicht mochte. Aber inzwischen sind wir Freundinnen geworden. Sicher, Kristin kann manchmal ganz schön überheblich und zickig sein, aber wenn ich sie wirklich brauche, hält sie zu mir. Zu Beginn der Sommerferien ist Kristin zu ihrem Vater Lasse nach Hallondalen gezogen. Sie wollte lieber bei ihm wohnen, als in der Stadt bei ihrer Mutter und ihrem kleinen Bruder Torsten.

Als Star und ich uns jetzt der Koppel nähern, ist Kristin da. Sie hat einen Heuballen nach draußen gebracht und die Badewanne mit frischem Wasser gefüllt. Olle mampft schon eifrig, während Kristin neben ihm steht und ihm die Mähne krault.

»Hei, Lisa!«, begrüßt sie uns. »Also echt, dass du schon vor der Schule ausreiten kannst! Ich habe es kaum aus dem Bett geschafft.«

Ich atme auf. Kristin ist nicht sauer. Was für eine Erleichterung, denn ihre Launen sind schrecklich. Wenn sie erst mal eingeschnappt ist, kann es lange dauern, bis sie wieder mit einem redet.

»Am besten, du gehst gleich rein. Deine Mutter hat schon

öfter nach dir gerufen. Vermutlich hat sie wieder einen ihrer mütterlichen Anfälle«, sagt Kristin und grinst.

Meine Mutter ist ein extremer Morgenmuffel. Es dauert Stunden, bis sie richtig wach ist. Meistens mache ich das Frühstück für uns. Aber von Zeit zu Zeit kriegt sie einen Rappel und meint, sie müsste jetzt mal eine perfekte Mutter sein, und dann wuselt sie um mich herum wie eine Henne um ihre Küken.

Diesmal hat Mama den Frühstückstisch mit Croissants, Saft, gekochten Eiern, Fruchtjoghurt und einer Unmenge anderer Sachen gedeckt. Der ganze Tisch steht voller Essen. Das reinste Hotelbüfett.

»Jetzt komm endlich frühstücken, damit du ordentlich Kraft für die Schule hast«, sagt sie und blinzelt mich aus verschlafenen Augen an.

»Gleich, ich muss nur erst duschen.«

Am ersten Tag in der siebten Klasse sollte man nicht nach Pferd riechen. Nach dem Duschen ziehe ich schnell meine neuen schwarzen Jeans an und meinen kurzärmligen Lieblingspullover mit den Knöpfen. Ich nehme auch Mamas Mascara und tusche mir die Wimpern ganz außen in den Augenwinkeln. Kritisch betrachte ich mich selbst im Garderobenspiegel. Die Haare sind, wie sie sind, blond, halblang und ziemlich widerspenstig. Die Augen sind blau und ich habe noch mehr Sommersprossen als sonst. Hässlich bin ich nicht, aber richtig hübsch eigentlich auch nicht. Was soll's, wird schon gehen.

Gierig werfe ich mich auf das Frühstück. Der Ausritt hat mich hungrig gemacht. Mama isst nichts, sie nippt nur hin und wieder an ihrem Kaffee, wenn sie nicht gerade gähnt.

Sobald ich aus dem Haus bin, wird sie wieder ins Bett gehen und noch ein paar Stunden schlafen.

»Kaum zu fassen, wie die Zeit rennt«, sagt sie und streichelt meine Wange. »Jetzt kommst du schon in die siebte Klasse. Bist du aufgeregt?«

»Keine Spur«, antworte ich.

Das stimmt nicht ganz. Es kribbelt mir schon ein bisschen im Magen, wenn ich daran denke, dass ich in die Siebte und damit in eine ganz neue Schule komme. Die Schule, in die die Großen gehen, die cool und fast erwachsen sind. Jetzt gehöre ich plötzlich auch dazu, aber ich fühle mich weder groß noch cool. Außerdem gibt es meine alte Klassengemeinschaft nicht mehr. Sie haben alle Abgänger der Grundstufe auf neue Klassen verteilt. Ich hoffe nur, dass in meiner neuen Klasse wenigstens ein paar aus meiner alten sind. Wenigstens Anna.

Anna ist meine beste Freundin. Hoffentlich ist sie das noch, wir haben uns schließlich den ganzen Sommer über nicht gesehen. Erst war sie bei ihrer Oma und dann hat sie Urlaub auf Hawaii gemacht. Ihr Vater hatte eine Reise dorthin gewonnen. Ich bin schon sehr gespannt darauf, sie wiederzusehen. Ich muss ihr unbedingt alles von meinen Reiterferien erzählen.

Eine Hand voll Kieselsteine prasselt plötzlich gegen das Küchenfenster. Draußen steht Kristin und winkt.

Höchste Zeit für den Schulbus.

»Ich geh dann, Mama!«, rufe ich und öffne die Tür.

Aber so leicht lässt sie mich nicht entwischen. Sie kommt aus der Küche gerannt, umarmt mich und drückt mich so fest, dass ich kaum Luft kriege.

»Ist ja gut«, japse ich. »Ich fahre doch nur zur Schule, nicht nach Australien. In ein paar Stunden bin ich wieder zu Hause.«

»Findest du mich albern?«, fragt sie und küsst mich aufs Ohr.

»Und wie«, grinse ich. »Aber ich hab dich trotzdem lieb.«

Kristin ist die beste Begleitung, die man sich für den ersten Tag an einer neuen Schule wünschen kann. Sie ist nicht nur ein Jahr älter als ich, sondern auch viel cooler und hübscher. Mit ihren langen, glänzenden, schwarzbraunen Haaren und ihren dunklen Augen sieht sie aus wie eine Indianerprinzessin.

Normalerweise fahre ich nicht gern mit dem Schulbus. Er ist voller Kinder, die einen beim Hereinkommen alle anglotzen. Ich setze mich dann immer schnell irgendwohin, um den Blicken zu entkommen. Aber Kristin ist nicht so schüchtern. Obwohl sie niemanden kennt, geht sie ohne zu zögern den Mittelgang entlang. Erst ganz hinten, wo die Schreihälse ihren Platz haben, setzt sie sich hin. Ich folge ihr wie ein braves Hündchen.

Es wird ganz still um uns herum, alle starren auf Kristin und mich. Ich merke, wie ich rot werde.

»Hei«, sagt Kristin. »Ich heiße Kristin und das ist Lisa.«

»Hallo, hei …«, hört man ein paar einzelne Stimmen und dann passiert nichts mehr.

Die Lautstärke kehrt zu ihrem gewohnten Level zurück. Kristin knufft mich in die Seite.

»Mach nicht so ein ängstliches Gesicht, Lisa. Dich beißt schon keiner, ich versprech's dir.«

Ich schaue aus dem Busfenster und frage mich, wie es

wohl ist, Kristin zu sein. Sich keine Gedanken mehr machen, nur noch das tun, was man selbst will. Einfach losgehen und es tun, als wäre das ganz selbstverständlich.

»Hast du denn keine Angst?«, frage ich leise.

Kristin wirft ihr Haar zurück und lacht laut los. Ich habe das Gefühl, dass ihr Lachen wie ein Echo durch den Bus hallt, aber niemand sonst scheint es zu bemerken.

»Wovor sollte ich denn Angst haben?«

Da gäbe es einiges, finde ich. Sie weiß doch ebenso wenig wie ich, ob sie sich in ihrer neuen Klasse wohl fühlt oder nicht.

»Reg dich bloß nicht auf, das lohnt nicht«, sagt Kristin. »Keiner wird dich hauen oder behaupten, du hättest hässliche Jeans an. Geduscht hast du auch, also kann keiner sagen, dass du nach Pferd stinkst. Entspann dich. Siehst du, da ist die Schule, und wer steht da und wartet auf dich? Wenn das nicht deine kleine widerliche Freundin Anna ist. Ich sag doch, dass du keinen Grund hast, dir Sorgen zu machen.«

Mir wird ganz heiß vor Freude, als ich Anna entdecke. Sie steht wirklich da und wartet auf mich, ungeduldig auf der Stelle trippelnd. Als ich winke, winkt sie zurück und lacht, dass ihre Wangengrübchen zu sehen sind. Kristin prustet los.

»Sie sieht noch genauso blöd aus wie immer. Nimm dich in Acht vor ihr, Lisa.«

»Hör auf!«, blaffe ich sie an. »Anna ist meine Freundin.«

»Das glaubst auch nur du«, sagt Kristin bedeutungsschwer.

Kristin kann Anna nicht leiden, sie kann es kaum ertragen, Anna auch nur zu sehen. Das ist irgendwie komisch, denn wenn jemand von uns sauer auf Anna sein müsste, dann ich. Als ich Star Anfang des Jahres bekam, war Anna so neidisch, dass sie eine Menge Lügen über mich in der Schule verbreitete. Hinterher hat es ihr dann Leid getan. Ich habe ihr verziehen und wir wurden wieder beste Freundinnen. Aber Kristin hat Anna nicht verziehen, obwohl die ganze Sache gar nichts mit ihr zu tun hatte. Kristin ist überzeugt, dass Anna mich wieder verraten wird.

Anna läuft auf mich zu und drückt mich herzlich. Danach bleiben wir stehen und sehen uns an. Der ganze lange Sommer liegt zwischen uns, ein Ozean an Erfahrungen, die wir nicht geteilt haben. Durch Annas schwarze Haare ziehen sich sonnengebleichte Strähnen und sie ist unwahrscheinlich braun gebrannt. Sie ist auch schlanker geworden und hat einen richtigen Busen bekommen, der sich unter dem T-Shirt wölbt.

»Du siehst aus wie immer«, sagt Anna.

Ich weiß nicht genau, ob das als Kompliment gemeint ist, und ich weiß auch nicht, was ich erwidern soll. ›Du hast einen Busen gekriegt‹, kann ich ja wohl kaum sagen, jedenfalls nicht jetzt und hier.

»Wie war's auf Hawaii?«, kriege ich endlich zustande.

Anscheinend hat Anna auf genau diese Frage gewartet. Sie blüht auf wie eine Butterblume und holt schnurstracks einen Stapel Fotos aus ihrem Rucksack.

»Es war der totale *Wahnsinn!* Sieh dir nur mal diesen Pool an … und hier unser Apartment, ist das nicht toll … und hier haben wir ein Auto gemietet … und siehst du dieses Kätzchen? Das hab ich gefunden …«

Anna sprudelt los und zeigt ein Foto nach dem anderen.

Anna am Strand, Anna neben einer Palme, Anna in Nahaufnahme und Anna ganz hinten.

»Das ist das beste Foto von allen«, sagt Anna. »Hier siehst du unsere ganze Familie auf der Terrasse.«

Bis jetzt konnte ich mir Annas Eltern einfach nicht in Badesachen vorstellen. Ich habe ihre mollige Mutter nie in anderen Sachen gesehen als in sackähnlichen Kleidern mit Schürze. Ihr Vater sieht genau aus wie der Fiese Fritz aus dem Comic. Er ist mager, sein schwarzes Haar ist ganz gerade gescheitelt und er hat immer blank geputzte schwarze Schuhe an. Sogar zu Hause.

Aber auf dem Foto, das Anna jetzt zeigt, trägt der Fiese Fritz eng sitzende Badehosen, eine Sonnenbrille mit Spiegelgläsern und blaue Badelatschen. Ich erkenne ihn nur an seinem Scheitel wieder. Die Mutter hat einen Bikini mit kleinen Rüschen an. Der Bikini hat genau dieselbe Farbe wie ihre Haut. Anna sitzt in einem Liegestuhl zwischen ihren Eltern und lacht in die Kamera.

»Warte mal, ich habe noch massenhaft Fotos in meinem Rucksack«, sagt Anna eifrig.

In dem Moment klingelt es zum Unterricht. Was für eine Erleichterung.

2

Unser neuer Klassenlehrer heißt Bengtsson. Er ist groß und mager und hat einen dünnen Schnurrbart und eine Meckifrisur. Er sieht aus, als ob er sich in seinem verknitterten moosgrünen Anzug nicht wohl fühlt. Das ist kein Wunder, so heiß, wie es in der Klasse ist.

Während Bengtsson über Stundenpläne und Klassenräume und neue Unterrichtsstoffe redet, schiele ich zur Seite. Anna sitzt neben mir. Wir sind in derselben Klasse gelandet, das ist das Wichtigste. Außer ihr sind aus meiner alten Klasse noch die Quasselstrippe Katrin, ihre Freundin Gabriella sowie Tobias und Andreas übrig geblieben. Ansonsten reihenweise unbekannte Gesichter. Ich lasse meinen Blick durch den Klassenraum wandern, aber plötzlich bleibt er überrascht hängen.

Das kann doch nicht wahr sein! Ist das tatsächlich Jonte, der schräg hinter mir sitzt? Ich kneife die Augen zusammen und schaue noch mal. Langer, blonder Pony, der bis über die Augen hängt. Schmale Hände mit abgekauten Fingernägeln. Plötzlich wirft er seinen Pony zurück und sieht mich direkt an mit seinen hellblauen Augen. Ich kann den Blick nicht schnell genug abwenden und merke, wie ich rot werde. Klar ist das Jonte. Als er mich entdeckt, erscheint sofort sein magisches Lächeln, das sein ganzes Gesicht strahlen lässt. Ich werde noch röter.

Was macht denn Jonte hier in meiner Klasse? Es ist nicht zu fassen. Wir waren diesen Sommer im selben Reitlager, das ist jetzt fast einen Monat her. Jonte war mit seinem hässlichen, total unmöglichen Pony Plutten dort. Im Reitlager sind wir Freunde geworden, Jonte und ich. Aber was mich rot werden lässt, ist die Erinnerung an unsere Küsse oben im Kirschbaum. Es kamen eine ganze Menge davon zusammen, bis es Zeit zum Heimfahren war. Jonte ist der erste Junge, den ich geküsst habe.

Wir hatten verabredet, uns zu schreiben, wenn wir wieder zu Hause sind. Nach einer Woche bekam ich eine Ansichtskarte mit einem Elch. Auf der Rückseite stand:

Hallo Lisa!

Wie geht es dir? Mir geht es gut.

Ich habe mir ein Moped gekauft. Eine Honda.

Schöne Grüße sendet dir

Jonte

Ich hatte zwar keinen schmachtenden Liebesbrief erwartet, aber doch ein bisschen mehr als das hier. Er hatte nicht mal seine Adresse geschrieben, so dass ich ihm nicht antworten konnte. Trotzdem habe ich die Karte an meine Pinnwand geheftet. Und jetzt sitzt Jonte plötzlich hinter mir.

Anna boxt mir in die Seite.

»Findest du den etwa süß? Bisschen zu mager für meinen Geschmack«, flüstert sie.

»Quatsch«, zische ich zurück.

Im selben Moment, als es zur Pause klingelt, steht Jonte vor mir.

»Hei, Lisa!«

»Hei«, antworte ich verlegen.

Ich bin nervös, weil Anna dabei ist. Mit Jonte will ich in aller Ruhe reden, ohne dass sie vor Neugier bibbernd daneben hockt. Im Reitlager konnten Jonte und ich über alles reden, aber jetzt weiß ich nicht, was ich sagen soll.

»Ist Plutten inzwischen verkauft?«, frage ich.

Ein kleines Mädchen hatte sich im Reitlager in den hässlichen Plutten verliebt und wollte ihn unbedingt haben. Jonte war glücklich, sein Pony loszuwerden. Er wollte viel lieber ein Moped.

»Klar doch, der ist verkauft. Von niemandem beweint und betrauert«, lacht Jonte.

»Jetzt hast du also stattdessen ein Moped. Fährst du damit zur Schule?«, frage ich dümmlich.

»Das erlaubt meine Mutter nicht. Erst wenn ich fünfzehn bin und bis dahin dauert es ja leider noch eine Weile. Aber weißt du was? Plutten vermisse ich nicht, aber das Reiten fehlt mir. Deswegen habe ich jetzt ein neues Pferd. Mein Bruder hat mir geholfen, ein gutes auszusuchen.«

»Komm endlich, Jonte! Lass die Schnecken in Ruhe, wir spielen jetzt Basketball«, rufen ein paar von den anderen Jungs.

Jonte grinst.

»Echt anstrengend, wenn man ein gefragter Typ ist. Bis nachher!«

Und weg ist er. Ich sehe ihm lange nach. Anna zupft an meinem Arm.

»Wer war das denn? Kennst du den? Bist du etwa mit dem zusammen?«

»Quatsch«, sage ich abwehrend. »Das ist bloß Jonte. Er war zur selben Zeit im Reitlager wie ich.«

Ein bisschen hoffe ich, dass Anna mich nach meinen Ferien im Reitlager und nach Star fragt. Ich habe schließlich auch Fotos in meiner Schultasche. Aber Anna hat gleich wieder das Thema Hawaii parat.

»Du hättest den Strand sehen sollen, der war absolut fantastisch. Und die Jungs erst! Die waren alle so wahnsinnig süß und ...«

Es ist richtig schön, dass Katrin und Gabriella in dem Moment auftauchen. Sie scheinen sich mehr für Hawaii zu interessieren als ich.

Vorsichtig halte ich Ausschau nach Jonte, aber er ist nirgends zu sehen. Dafür entdecke ich Kristin. Sie redet und lacht und um sie herum stehen ihre neuen Klassenkameradinnen und hören andächtig zu. So ist das immer mit Kristin. Überall steht sie im Mittelpunkt. Kein Wunder, dass sie unbesorgt ist.

»Da bist du ja, Lisa! Ich habe dich schon gesucht«, sagt eine Stimme hinter mir.

Schnell drehe ich mich um und da steht Lotta. Ihre dunklen Haare sind kurz geschnitten zu einer neuen, zotteligen Frisur. Ihre Augen sind schräg und braun wie Mandeln. Sie lacht freundlich. Ich nicht.

»Was ist denn?«, frage ich abwartend.

In der Reitschule waren Lotta und ich Pferdemädchen für Sigge, das süßeste von allen Ponys dort. Lotta und ich konnten uns von Anfang an nicht leiden und später wurde es immer schlimmer. Als Sigge verkauft werden sollte, weil er zu wild war für ein Schulpferd, hat Lotta ihn bekommen, nicht ich. Seitdem hat sie mit ihm rumgeprahlt und mich immer damit geärgert, dass Star im Vergleich zu Sigge nur ein elender Gaul sei.

Lotta war diesen Sommer auch im Reitlager und sie war

noch ekliger zu mir als sonst. Aber eines Tages stürzte sie bei einem Ausritt im Wald und Sigge fiel auf sie drauf. Beide hatten sich böse verletzt. Ich habe sie gefunden und ihnen geholfen, zurück zum Stall zu kommen. Lotta sagte, ich hätte ihr und Sigge das Leben gerettet und dass sie nie wieder gemein zu mir sein würde. Dieses Versprechen nehme ich ihr nicht so richtig ab.

»Ich wollte dir nur sagen, dass Sigges Bein wieder ganz gesund ist«, sagt Lotta. »Zu Hause auf der Koppel springt er herum wie ein junges Fohlen und das haben wir nur dir zu verdanken!«

»Ach was, es war reiner Zufall, dass ich euch gefunden habe«, sage ich. »Ist er schon wieder so weit okay, dass du ihn reiten kannst?«

»Klar. Er ist wie neu. Hat nur eine kleine Narbe behalten. Hast du übrigens schon gehört, dass sie in der Reitschule einen Springkurs für Privatreiter anbieten? Daran dürfen nur Leute mit eigenem Pferd teilnehmen. Ich habe Sigge und mich schon angemeldet. Willst du nicht auch mitmachen? Das wird bestimmt toll.«

»Spinnst du? Star kann doch nicht springen und ich auch nicht.«

»Im Reitlager hat es doch prima geklappt. Ich bin sicher, dass ihr es schafft. Du überlegst es dir, versprochen? Ich muss wieder rein«, sagt Lotta.

Verblüfft schaue ich ihr hinterher. Lottas schnelle Verwandlung von der Feindin zur Freundin verwirrt mich. Will sie mich vielleicht nur dabeihaben, damit sie über Star und mich herziehen kann? Zutrauen würde ich es ihr. Star hat gerade erst angefangen, Springen zu lernen, und verglichen mit Sigge kann er gar nichts. Obwohl es natürlich nicht unbedingt ein gemeiner Plan von Lotta sein muss. Vielleicht hat sie mir den Tipp mit dem Springkurs ganz ohne fiese Hintergedanken gegeben. Möglich ist es schon, wenn auch nicht sehr wahrscheinlich.

»Springkurs? Hört sich cool an«, sagt Anna, die unser Gespräch offenbar mit angehört hat. »Da will ich auch mitmachen.«

»Aber Lotta hat gesagt, dass man dazu ein eigenes Pferd haben muss«, sage ich zweifelnd.

Das ist ein heikles Thema. Ich weiß zwar, dass Anna kein eigenes Pferd haben möchte. In der Reitschule hatte sie nicht einmal Lust, Pferdemädchen für Putte zu sein, weil sie es schon anstrengend genug fand, sich um ihren Hamster zu kümmern. Aber ich weiß auch noch, wie neidisch sie war, als ich Star bekam.

»Willst du mich etwa nicht dabeihaben?«, fragt Anna aufbrausend.

»Na klar will ich das«, antworte ich rasch. »Es wäre wirklich super, wenn wir wieder in derselben Gruppe reiten könnten. Kannst du nicht Maggan anrufen und sie fragen, ob du eines der Schulpferde leihen darfst? Schließlich ist sie die einzige Reitlehrerin dort und führt bestimmt auch den Springkurs durch.«

Den Rest des Schultages verbringe ich damit, mich nach Star zu sehnen. In der siebten Klasse zu sein, ist überhaupt nicht so spannend, wie ich dachte. Der Stundenplan ist länger, man muss sich mehr Klassenräume merken und hat in jedem Fach einen anderen Lehrer, aber ansonsten ist alles genau wie immer. Nicht mal das Wiedersehen mit Anna ist so schön, wie ich gehofft hatte. Sie redet nur noch von Hawaii.

Ab und zu schiele ich zu Jonte hinüber, aber er sieht immer ganz konzentriert aus. Ich würde gerne wissen, ob er mich auch heimlich betrachtet. Es ärgert mich, dass ich es nicht bleiben lassen kann, in seine Richtung zu sehen.

»Wieso starrst du den Typen dauernd an?«, flüstert Anna. »Bist du etwa verknallt in den?«

»Jetzt hör endlich auf«, fauche ich.

Ich bin nicht verknallt in Jonte. Kein Stück. Ab sofort sehe ich nur noch geradeaus. Mein Hals ist schon ganz steif, aber ich habe keine Lust, mir noch mehr blöde Kommentare von Anna anzuhören.

Kaum sitzen wir im Bus nach Hause, erzähle ich Kristin von dem Springkurs. Sie ist sofort Feuer und Flamme.

»Na klar melden wir uns an. Au ja, das wird toll. Ein Springkurs in der Reitschule ist genau das, was wir brauchen.«

Meine Bedenken wedelt sie fort, als wären sie ein Schwarm lästiger Fliegen.

»Manchmal bist du wirklich hoffnungslos, Lisa. Was spielt es für eine Rolle, ob Lotta dich und Star auslacht? Das kann dir doch wohl egal sein, oder? Sie reitet viel länger als du und Sigge hat schon an zahllosen Springturnieren des Vereins teilgenommen, als er noch Schulpferd war. Wäre doch komisch, wenn die beiden nicht mehr könnten als du und Star. Aber damit ihr besser werdet, müsst ihr trainieren, oder geht das nicht rein in dein Erbsenhirn?«

Wenn ich eines im Reitlager gelernt habe, dann das. Natürlich kann ich mich auch damit zufrieden geben, mit

Star durch den Wald zu streifen. Aber wenn ich beim Reiten Fortschritte machen will, muss ich ordentlich trainieren, und eine bessere Lehrerin als Maggan gibt es nicht.

Trotzdem zögere ich. Springkurs für Privatreiter, das klingt so anspruchsvoll. Für Kristin ist es bestimmt genau das Richtige. Ihr Olle ist ein tüchtiges Springpferd, das schon massenweise Turnierpreise geholt hat, bevor Lasse ihn kaufte. Star dagegen ist ein Jungpferd, das erst ein paar Mal gesprungen ist, und ich selbst war vor einem Jahr noch eine totale Anfängerin.

»Es ist ein ziemlich langer Ritt zur Reitschule«, versuche ich es.

»Quatsch, das sind doch nur Ausreden, Lisa. Gib's zu. Wenn wir die Abkürzung durch den Wald nehmen und ein bisschen traben, dauert es nicht viel länger als eine halbe Stunde. Und wenn Lotta gemein zu dir ist, sagst du mir einfach Bescheid. Ich verspreche dir, dass ich dich beschütze«, sagt Kristin und grinst.

Sie neckt mich, aber hinter der Neckerei ist es ihr ernst. Kristin hat mich schon früher gegen Lotta verteidigt.

Als ich nach Hause komme, ist Mamas mütterlicher Anfall vorbei. Sie sitzt vor dem Computer und ist so beschäftigt, dass sie nicht einmal fragt, wie es in der Schule war. Ich nehme einen Beutel Frikadellen aus dem Gefrierschrank und mache ein paar davon in der Mikrowelle heiß. Ich muss was essen, bevor ich hinunter in den Stall gehe.

Das Telefon klingelt, aber ich kümmere mich nicht darum. Wenn bei uns jemand anruft, ist es fast immer für Mama. Aber zwei Sekunden später steht sie in der Tür.

»Für dich, Lisa.«

»Wer ist es denn?«, frage ich.

»Ein *Junge*«, antwortet Mama und grinst. »Wird das in Zukunft immer so sein, wo du jetzt in die Siebte gehst? Dass hier Tag und Nacht Jungs anrufen?«

Ich renne an ihr vorbei und nehme den Telefonhörer auf.

»Ja hallo, hier ist Lisa?«

»Hei, hörst du, wer dran ist?«

Und ob ich das höre. Jontes Stimme kann ich gar nicht verwechseln. Die Röte steigt mir in die Wangen und ich weiß nicht, was ich sagen soll. Dass Mama in der Tür steht und mich neugierig ansieht, macht es nicht einfacher.

»Bist du noch dran?«, fragt Jonte.

»Ja, klar.«

»Ich hab vergessen, dir in der Schule was zu sagen. Hast du gehört, dass sie in der Reitschule einen Springkurs anbieten? Ich will mit meinem neuen Pony daran teilnehmen und ich dachte, dass du und Star vielleicht auch mitmachen möchtet.«

»Ich wollte gerade dort anrufen und mich anmelden«, schwindle ich.

»Super! Dann bis morgen in der Schule«, sagt Jonte und legt auf.

Ich stehe mit dem Hörer in der Hand da und fühle mich auf idiotische Art glücklich. Jonte hat mich angerufen! Plötzlich will ich nichts lieber als an dem Springkurs teilnehmen. Wütend weise ich mich selbst zurecht. Es hat überhaupt nichts damit zu tun, dass ich Jonte öfter sehen will. Nein, nein, nein. Aber ich weiß, dass er nicht besser reiten kann als ich, und wenn er sich traut, traue ich mich auch. Das ist der Grund. Sonst nichts.

3

Es ist ein komisches Gefühl, die Reitschule wiederzusehen. Ich war nicht mehr hier seit dem schrecklichen Tag, als ich Sigge zum letzten Mal ritt, bevor er verkauft wurde. Damals hatte ich beschlossen, niemals mehr hierher zu kommen. Ohne Sigge im Stall war es für mich undenkbar, weiter in der Reitschule zu reiten.

Jetzt bin ich wieder hier, mit meinem eigenen Pferd.

Alles sieht genau aus wie immer. Stall und Reithalle liegen auf einem Hügel mit großen Eichen drum herum. Auf der Koppel sind alle Schulpferde in einer Herde versammelt. Mittendrin Victor, das Pony, auf dem ich angefangen habe. Er ist rund und braun wie ein Pfefferkuchenpferd und sieht viel kleiner aus, als ich ihn in Erinnerung hatte. Als ich das erste Mal auf seinem Rücken saß, kam es mir schrecklich hoch vor.

Der Ritt durch den Wald hat Star nicht im geringsten angestrengt. Beim Anblick der Pferde auf der Koppel wirft er begeistert den Kopf hoch und drängt vorwärts. Den Schweif hat er wie einen Federbusch aufgestellt.

Aus dem Stall kommt eine kräftig gebaute Frau mit krausen blonden Haaren. Sofort erkenne ich Maggan wieder, meine ehemalige Reitlehrerin. Sie brachte mir die ersten Grundregeln bei und ließ mich Sigges Pferdemädchen werden.

»Schön, dich wiederzusehen, Lisa«, sagt sie freundlich. »Ich hoffe, es geht dir ein bisschen besser als damals bei unserer letzten Begegnung. Lass mal dein Pony anschauen.«

Geübt gleitet ihr Blick über Star und ich halte den Atem an. In meinem Bauch kribbelt es vor Spannung und Erwartung. Ich vertraue Maggan. Ihr Urteil über Star bedeutet mir viel.

»Hübsches kleines Pony«, sagt sie schließlich. »Lange, wohlgeformte Beine und ein ausdrucksvoller Kopf. Wie alt ist er?«

»Fünf Jahre.«

»Ist er viel gesprungen?«

»Fast gar nicht.«

»Das ist gut. Jungen Pferden soll man Zeit geben. Ich bin gespannt, wie er sich in der Halle benimmt. Jetzt tänzelt er ja nur herum. Die anderen Teilnehmer am Springkurs sind schon in der Bahn. Ihr könnt gleich reinreiten.«

Das große Tor zur Reithalle steht offen. Trotz der Neonlampen an der Decke ist es dunkel dort drinnen, verglichen mit dem hellen Sonnenlicht draußen. Star bleibt abrupt im Eingang stehen und schnaubt empört.

»Na los, rein mit euch«, sagt Kristin ungeduldig hinter mir. »Wir sind sowieso spät dran.«

Aber als ich Star antreibe, trippelt er nur nervös zur Seite. Vorwärts will er nicht. Ich fühle mich unheimlich blöd. Was sollen die anderen von mir denken? Da melde ich mich zum Springkurs an und schaffe es noch nicht mal, mein Pferd in die Halle zu reiten. Mal wieder typisch Star, dass er ausgerechnet jetzt Zicken macht. Ich hebe die Gerte, um mir Gehorsam zu verschaffen. Aber plötzlich verstehe ich, warum er sich so merkwürdig benimmt. Wahrscheinlich war er in seinem ganzen Leben noch nie in einer Reithalle. Kein Wunder, dass er scheut.

»Geht ihr zuerst«, sage ich und lasse die Gerte sinken.

Kristin gibt Olle die Schenkel und er geht auf seine gleichmütige Art in die Halle. Star trippelt noch nervöser, als Olle verschwindet. Er wiehert sehnsüchtig und Olle antwortet. Das entscheidet die Sache. Star macht einen großen Satz vorwärts und wirft sich hinein in das Unbekannte. Das kommt so unerwartet, dass ich die Steigbügel verliere und anfange zu rutschen. Nur mit Mühe und Not gelingt es mir, im Sattel zu bleiben. Wirklich kein eleganter Auftritt, den wir da hinlegen.

In der Reithalle bleibt Star stocksteif stehen und sieht sich mit weit aufgerissenen Augen um. Ich auch, denn ich bin neugierig, wer alles dabei ist. Da sind Lotta und Sigge, er ist wie immer wunderschön mit seinem bodenlangen, welligen Schweif. Als ich ihn das letzte Mal sah, konnte er sein linkes Vorderbein kaum aufsetzen nach dem Unfall im Wald. Jetzt trabt er mit federnden Schritten und niemand würde glauben, dass er vor einem Monat noch beinahe gestorben wäre. Wie immer werde ich ein bisschen wehmütig, wenn ich ihn sehe. Einmal hatte er beinahe mir gehört.

Hinter Lotta reitet Jonte auf einem hellen Fuchs, dessen Mähne und Schweif sahneweiß sind. Das ist also sein neues Pony. Es sieht gut gelaunt aus und macht ab und zu kleine Freudenhüpfer. Jontes blonde Haare stehen unter der Reitkappe hervor und er winkt mir zur Begrüßung zu. Ich winke zurück.

Jontes großer Bruder Peter ist auch da, mit seinem dunkelbraunen Turnierpferd Lord. Ich wundere mich, dass er sich herablässt, mit uns anderen zu trainieren, wo er doch herumreist und ein Turnier nach dem anderen gewinnt.

Peter war auch in unserem Reitlager. Er sieht wahnsinnig gut aus und das weiß er auch. Aber auf Dauer ist sein charmantes Lächeln ziemlich langweilig. Im Reitlager haben wir ihn heimlich ›Tarzan‹ genannt, weil er gerne in Badehosen herumlief und seine Muskeln zeigte.

Dann sind noch zwei Teilnehmer dabei, die ich nicht kenne. Ein mageres, blasses Mädchen, das ein dürres weißes Pony reitet, und eine spitznasige Frau auf einem hellbraunen Pferd. Maggan hat bereits ein paar Hindernisse aufgebaut. Sie sind so niedrig, dass sogar Star und ich keine Probleme damit haben dürften.

»Antraben!«, ruft Maggan.

Alle Pferde außer Star fangen sofort an zu traben. Star ist gespannt wie eine Stahlfeder, er tänzelt und macht kleine Hüpfer. Die Reithalle ist offenbar der unheimlichste Ort, den er je gesehen hat. Er scheut vor den Wänden, den Hindernissen, ja sogar vor seinem eigenen Schatten. Ich habe alle Hände voll zu tun, mich im Sattel zu halten.

Es wird kein bisschen besser, als Maggan mit dem Unterricht beginnt. Star scheint alles vergessen zu haben, was er im Reitlager gelernt hat. Er reckt die Nase in die Höhe und jagt herum, ohne dass ich ihn in den Griff bekomme.

»Immer mit der Ruhe, Lisa«, ruft Maggan. »Entspann dich.«

Entspannen! Wie denn, wenn ich auf einem verängstigten Pferd sitze, das nichts lieber will als fliehen? Obwohl ich weiß, dass Star Angst hat, bin ich wütend auf ihn. Er macht alles kaputt. Ich wollte Maggan doch so gerne zeigen, was für ein tolles Pony ich habe. Stattdessen blamiert er mich vor der ganzen Gruppe.

Ich werfe einen unruhigen Blick hinauf zur Zuschauertribüne. Auf der obersten Bank sitzt eine Horde kleiner Mädchen und kichert. Die sind mir egal. Aber ganz hinten an der Wand entdecke ich Anna. Was macht sie hier? Ich winke ihr zu, aber sie winkt nicht zurück. Vielleicht hat sie mich nicht gesehen. Oder sie will mich nicht kennen, wo es im Moment doch so schlecht läuft bei mir.

Noch schlimmer wird es, als wir die Steigbügelriemen kürzen sollen und Maggan uns anweist, im Leichten Sitz zu galoppieren. Sobald ich die Zügel etwas nachgebe, wirft Star sich vorwärts. Wir rasen durch die Halle, Runde um Runde. Star legt sich in die Kurven und überholt die anderen Pferde mehrere Male.

»Langsamer!«, ruft Maggan und in ihrer Stimme liegen sowohl Ärger als auch Sorge. »Bring ihn zum Stehen, bevor ihr beide euch den Hals brecht!«

Ich ziehe und zerre an den Zügeln, aber Star wirft nur den Kopf hoch und rast weiter. Erst als ich den inneren Zügel kräftig annehme und Star in eine Volte zwinge, kann ich ihn durchparieren. Der Schweiß fließt mir den Rücken hinab und die Reitkappe ist mir über die Augen gerutscht.

»Oh, oh, oh«, sagt Maggan. »Das hätte böse ins Auge gehen können.«

»Was soll ich denn machen?«, frage ich kleinlaut.

»Du springst heute nicht, soviel ist klar«, sagt Maggan. »Star muss sich erst mal an die Reithalle gewöhnen. Bevor das nicht klappt, kann er sich auf nichts anderes konzentrieren.«

Ich bin unglaublich enttäuscht, wie ich da auf Star sitze und alle anderen mit ihren Pferden springen sehe. Die Tränen brennen in meinen Augenwinkeln und ich krümme mich vor Scham. Blöder Star. Wenn er sieht, dass keines der anderen Pferde Angst hat, muss er doch wohl begreifen, dass ihm nichts Schlimmes passiert, oder?

Jontes neues Pony ist der reinste Wirbelwind. Zusammen fliegen sie über alle Hindernisse und nach jedem Sprung macht das Pony ein paar lustige Bocksprünge. Anschließend lacht Jonte von einem Ohr zum anderen. Dass Maggan sagt, er sei viel zu schnell, kümmert ihn überhaupt nicht. Nach der Zeit mit Plutten, der freiwillig keinen Schritt zu viel machte, hat er bestimmt Spaß daran, auf einem springfreudigen Pony zu sitzen.

Sigge nimmt die Hindernisse ohne die geringste Mühe, die Ohren aufmerksam nach vorn gestellt. Man kann ihm schon von weitem ansehen, wie liebend gerne er springt. In mir brennt der Neid. Genau so soll Star sein, das wünsche ich mir so sehr.

Nach ihrer Runde reitet Lotta neben mir auf. Ich bin darauf vorbereitet, dass sie etwas Geringschätziges und Gemeines über Star sagt, aber das tut sie nicht. Ganz im Gegenteil.

»Wenn du möchtest, kannst du es gerne mit Sigge probieren. Wir haben es schließlich dir zu verdanken, dass er wieder springen kann.«

Ich glaube, ich spinne. Ich durfte Sigge kaum anfassen, nachdem Lotta ihn bekam. Und jetzt bietet sie mir tatsächlich an, ihn zu reiten.

»Meinst du das im Ernst?«, frage ich verblüfft.

»Natürlich. Nimm ihn nur, ich kümmere mich solange um Star.«

Diese Chance kann ich mir einfach nicht entgehen lassen. Wieder auf Sigges Rücken sitzen! Darauf hätte ich nicht mal im Traum gehofft. Schnell tauschen Lotta und ich die Pferde. Zitternd stecke ich den Fuß in Sigges Steigbügel und sitze auf. Ich streichle Sigges Hals und seine lange, weiche Mähne. Die Zügel schmiegen sich wie Seide in meine Hände.

»Wie ist es?«, ruft Maggan.

»Wunderbar«, antworte ich glücklich.

Ich darf ein paar Runden traben und galoppieren. Die Erinnerung an Sigges Bewegungen ist noch lebendig in mir. Mir ist, als wäre ich um ein knappes halbes Jahr in die Zeit zurückversetzt, als ich Sigges Pferdemädchen war und ihn einmal die Woche reiten durfte. Sigge hat noch denselben weichen, fließenden Gang wie damals. Der kleinste Druck meiner Schenkel genügt und er wird schneller. Mir steigen die Tränen in die Augen. Obwohl ich jetzt Star habe, hat Sigge immer noch einen besonderen Platz in meinem Herzen. Ein kleines Eckchen, das nur ihm gehört.

»Wenn du willst, kannst du jetzt springen«, ruft Maggan.

Ich straffe die Zügel und lenke Sigge auf das niedrigste Hindernis zu. Wir fliegen so leicht hinüber, dass es kaum wie ein Sprung erscheint. Dann nehmen wir noch drei Hindernisse und auch das klappt wunderbar.

»Das sieht richtig gut aus, Lisa«, sagt Maggan. »Offenbar hast du eine ganze Menge gelernt, seit du hier aufgehört hast.«

Ich sauge das Lob gierig in mich hinein. Es ist ein kleiner Trost nach der Blamage mit Star.

»Danke«, sage ich zu Lotta, nachdem ich von Sigge heruntergerutscht bin.

Ich kann ihr ansehen, dass sie versteht, wie ehrlich ich das meine.

»Nichts zu danken«, antwortet sie. »Du kannst ein andermal gerne wieder mit ihm springen, wenn du möchtest.«

Ist das wirklich dieselbe Lotta, die Star als jämmerliche Vogelscheuche beschimpfte und meinte, man sollte Leberwurst aus ihm machen? Möchte nur mal wissen, ob sie weiterhin so nett ist oder ob die alte Gemeinheit bald wieder bei ihr durchbricht. Ich lege meine Wange an Sigges Kopf und spüre seinen wohl bekannten Duft in meiner Nase. Auch mein Geruchssinn hat ihn nicht vergessen.

Als ich wieder auf Star sitze, merke ich sofort, dass die Angst ihn verlassen hat. Er ist nicht mehr steif und angespannt und voller unterdrückter Energie. Anscheinend hat er endlich begriffen, dass die Reithalle kein gefährlicher Ort ist.

»Siehste, du olle Knalltüte, brauchst überhaupt keine Angst zu haben«, sage ich zärtlich und klopfe seinen Hals.

Endlich können wir mitmachen. Als die anderen im Leichten Sitz zwei große Volten traben, reihe ich mich hinter Kristin ein.

»Traust du dich, noch mal zu galoppieren, Lisa?«, ruft Maggan.

»Klar«, antworte ich kurz.

Es passt mir nicht, dass sie so was sagt. Sie tut gerade so, als wäre ich immer noch eine blutige Anfängerin, die beim Gedanken an den Galopp am Ende der Reitstunde Magenschmerzen kriegt. Ich bin aber keine Anfängerin mehr. Ich habe ein eigenes Pferd und galoppiere jeden Tag. Star kenne ich in- und auswendig. Ich weiß, dass er diesmal kein dummes Zeug macht.

Und das tut er auch nicht. Weich geht er in den Galopp über und ich stehe in den Steigbügeln und gehe mit.

»Gut, Lisa«, ruft Maggan. »Star scheint jetzt wie ausgewechselt. Wenn du willst, kannst du versuchen, mit ihm zu springen. Lass Kristin und Olle vorreiten.«

»Fertig?« Kristin dreht sich um und lacht mich an.

Ich nicke. Die anderen parieren durch, während Kristin und ich eine Volte traben. Kristin galoppiert an und reitet auf ein niedriges Hindernis aus roten Stangen zu. Ich gebe ihr einige Meter Vorsprung, bevor ich Star antreibe und ihr folge. Er schnaubt und wird schneller, um Olle einzuholen. Aber als er das Hindernis vor uns entdeckt, macht er sich steif und der Galopp wird hoppelig.

Nachdem er die anderen Pferde hat springen sehen, sollte es ihn nicht überraschen, dass in der Reithalle Hindernisse aufgebaut sind. Vielleicht ist er schwer von Begriff. Ich gebe ihm die Schenkel und lenke ihn direkt auf das Hindernis zu. Star *muss* hinüber, ob er will oder nicht.

Als Olle über das Hindernis schwebt, hat Star noch fünf Meter vor sich. Er bremst ab und ich merke, wie unsicher er ist.

»Na komm, mein Junge. Spring!«, rufe ich und Star springt.

Es wird ein etwas ungelenker Hüpfer, aber immerhin sind wir drüber. Star ist so zufrieden mit seiner Leistung, dass er nach hinten auskeilt.

»Noch mal«, sagt Maggan.

Jetzt hat Star verstanden, was er machen soll. Die Springfreudigkeit, die er im Reitlager gezeigt hat, ist wieder da.

Als wir uns wieder dem Hindernis nähern, wird er von ganz allein schneller und stellt die Ohren nach vorn. Er fliegt hinüber und ich brauche nicht mehr zu tun, als mich an der Mähne festzuhalten und mitzugehen.

Triumphierend sehe ich zur Tribüne hinauf. Aber Anna ist nicht mehr da.

4

Nach der Springstunde versammeln wir uns alle draußen vor dem Stall, um die Pferde verschnaufen zu lassen. Kristin und ich sind nicht die Einzigen, die einen langen Ritt nach Hause vor sich haben. Maggan nimmt mich zur Seite.

»Ich freue mich wirklich sehr, dich wiederzusehen, Lisa. Als ich gezwungen war, Sigge zu verkaufen, hatte ich fast ein bisschen Sorge, dass du mit dem Reiten aufhörst. Aber wie ich sehe, hast du stattdessen seit damals eine Menge gelernt. Wirklich ein flinkes kleines Pony, das du da hast. Bestimmt wird er mit der Zeit noch richtig gute Leistungen zeigen.«

Das ist nicht gerade das, was ich hören will. Ich möchte, dass Maggan ihn jetzt schon tüchtig findet, sie soll sagen, dass Star das tollste Pony ist, das sie jemals gesehen hat. Ich versuche mich damit aufzumuntern, dass es viel schlimmer gewesen wäre, wenn sie gesagt hätte, dass Star ein hoffnungsloser Fall ist und nie irgendwas können wird. Aber das ist kein besonders guter Trost.

Jonte strahlt über das ganze Gesicht auf seinem neuen Pony. Ich fühle mich idiotisch verlegen, wenn ich ihn ansehe. Aber irgendwas muss ich zu ihm sagen. Sonst denkt er noch, ich wäre sauer auf ihn. Und das will ich nicht.

»Gefällt es dir, nicht mehr auf Plutten sitzen zu müssen?«, frage ich.

Jonte lacht von einem Ohr zum anderen.

»Das fragst du noch? Es ist ein Unterschied wie zwischen einem Dreirad und einem frisierten Motorrad. Daisy ist ein

Superpony. Übrigens hast du vorhin ja ein mordsmäßiges Tempo in den Kurven vorgelegt. Ich hatte direkt schon Angst.«

»Echt?«, sage ich verlegen.

»Wäre wirklich schade gewesen, wenn du dir den Hals gebrochen hättest«, sagt Jonte und grinst. »Ich muss los. Meine Mutter bringt mich um, wenn ich nicht rechtzeitig zum Essen zu Hause bin. Wir sehen uns Montag in der Schule!«

Enttäuscht schaue ich ihm nach, als er mit Peter zusammen davonreitet. Jonte ist ganz anders als im Reitlager. Dort konnten wir stundenlang über alles Mögliche reden. Jetzt haben wir uns anscheinend nichts mehr zu sagen.

Nun, wo Jonte losgeritten ist, will ich auch nach Hause. Aber Kristin unterhält sich eifrig mit dem blassen Mädchen auf dem klapprigen Schimmel und sieht nicht, dass ich ihr zuwinke. Plötzlich entdecke ich drüben an der Stalltür eine Gestalt in roter Windjacke und mit dunklem Pferdeschwanz. Das ist Anna, ich hatte sie ganz vergessen. Ich reite im Schritt auf sie zu.

»Toll, dass du auch hier bist«, sage ich.

»Supertoll«, mault Anna. »Tolles Gefühl, wenn man den anderen beim Reiten zuschauen muss und selber nicht mitmachen kann.«

»Willst du ein bisschen auf Star reiten?«

Anna steckt die Hände tief in die Jackentaschen und wirft mir einen finsteren Blick zu.

»Auf der Koppel Schritt reiten wie ein Kleinkind? Nee danke.«

»Du kannst in der Halle reiten, wenn du willst«, sage ich.

Eigentlich möchte ich so schnell wie möglich nach Hause. Aber Anna tut mir Leid. Es ist bestimmt schrecklich, abseits stehen zu müssen, nur weil man kein eigenes Pferd hat. Wenn Star Anna gehören würde und ich auf der Tribüne sitzen müsste, würde ich vor Neid sterben.

»Lass gut sein«, sagt Anna. »Wenn du mir einen Gefallen tun willst, dann überrede Maggan, dass sie mich an dem Springkurs teilnehmen lässt. Auf mich hört sie ja nicht. Bitte sprich mit ihr, gleich. Ich halte Star so lange.«

Ich habe überhaupt keine Lust, mit Maggan über Anna zu sprechen. In meinem ganzen Körper kribbelt es vor Unbehagen. Aber ich muss es tun, das weiß ich. Anna würde mir das sonst nie verzeihen. Mit zögernden Schritten gehe ich auf Maggan zu.

»Anna möchte auch gern am Springkurs teilnehmen«, sage ich.

Maggan zuckt die Schultern. »Ich weiß. Aber sie kann keines der Schulpferde ausleihen. Wenn ich Anna das erlaube, muss ich es auch anderen erlauben, und die Pferde haben schon genug in den Reitstunden zu leisten. Ich möchte sie nicht überstrapazieren, das müsste Anna eigentlich verstehen. Ich habe schon mit ihr darüber geredet.«

Ich fühle Annas Blicke in meinem Nacken brennen.

»Bitte, bitte ...«, bettle ich.

»Es tut mir Leid, Lisa, aber es geht nicht.«

Anna sieht mir sofort an, dass ich mit meinem Auftrag gescheitert bin.

»Vielen Dank auch für deine große Hilfe«, sagt sie spitz und ihr Blick ist eiskalt. Sie dreht sich auf dem Absatz um und geht einfach weg.

»Du kannst Star jederzeit reiten, wenn du möchtest«, rufe ich ihr hinterher. »Wenn du Montag nach der Schule mit zu mir nach Hause kommst, kannst du auch mit ihm springen!«

Aber Anna verschwindet im Stall, ohne sich umzudrehen.

Kristin trällert und singt den ganzen Weg nach Hause. Ich wäre auch gerne fröhlich. Star und ich haben die erste Springstunde hinter uns gebracht, ohne uns bis auf die Knochen zu blamieren. Der zweite Sprung war richtig gut. Aber Anna hat mir die ganze Freude verdorben. Obwohl ich finde, dass sie gar keinen Grund hat, böse auf mich zu sein, bin ich doch traurig, dass sie es ist.

Als wir uns Hallondalen nähern, sehe ich schon von weitem den glänzenden blauen Volvo. Mir wird ganz heiß vor Freude und ich treibe Star an. Das ist Papas Auto. Endlich sehe ich ihn wieder. Es sind schon mehrere Wochen vergangen seit dem letzten Mal.

Eigentlich soll ich alle vierzehn Tage ein Wochenende bei Papa verbringen, aber es kommt oft etwas dazwischen. Manchmal ist mein kleiner Halbbruder Nils krank, manchmal will Papas neue Frau Elisabeth, dass sie zu dritt irgendwohin fahren, und manchmal hat Papa einfach keine Zeit. Meine Sehnsucht nach Papa ist wie eine unheilbare Krankheit. Ich werde nie richtig gesund. Meistens kann ich die Gedanken an Papa dadurch verdrängen, dass ich an Star denke. Aber ab und zu bricht die Sehnsucht durch und macht mich ganz traurig. Ich weiß gar nicht, wie viele Liter Tränen ich seit der Scheidung schon seinetwegen geweint habe.

Das Reitlager im Sommer war ein Geschenk von Papa. Ein Trostgeschenk dafür, dass ich nicht mit ihm, Elisabeth und Nils nach England durfte. Nach dem Reitlager wollten Papa und ich irgendwohin fahren, nur wir beide. Das haben wir auch gemacht. Wir waren zwei Tage in Dänemark, aber so richtig schön, wie ich es mir ausgemalt hatte, war es nicht. Meistens mussten wir im Hotelzimmer bleiben. Papa hat die ganze Zeit telefoniert und irgendwelche Sachen auf seinem Laptop geschrieben. Währenddessen lag ich auf dem Bett und habe ferngesehen. Okay, ein bisschen was haben wir schon unternommen. Wir haben in einem teuren Restaurant gegessen und einen langen Spaziergang am Strand gemacht.

Seit der Dänemarkreise habe ich ihn nicht wiedergesehen. Aber jetzt steht er da, mitten auf dem Hof. Viel zu warm angezogen, wie immer, im dunklen Anzug mit Schlips. Ich trabe auf ihn zu, rutsche von Stars Rücken und fliege in seine Arme. Er umarmt mich fest und der Duft seines Rasierwassers steigt mir in die Nase.

»Hallo-hallo-hallo, was für eine Umarmung«, lacht Papa und gibt mir einen Schmatz auf die Wange. »Dein Pferd da sieht aber ziemlich bedrohlich aus.«

Immer noch halte ich Star am Zügel und sein Kopf ist ganz dicht an Papas. Sanft blinzeln seine Augen unter dem langen Stirnschopf hervor und ausnahmsweise macht er ein ganz liebes Gesicht. Niemand außer Papa würde in diesem Moment auf die Idee kommen, Angst vor ihm zu haben. Aber seit Star ihm einmal in die Hand gebissen hat, ist Papa immer nervös, wenn Star ihm zu nahe kommt.

»Bring ihn lieber auf die Koppel«, sagt Papa. »Dann wäre

mir wohler. Ich möchte vermeiden, dass er auf meinen Anzug sabbert.«

»Er sabbert nicht«, sage ich beleidigt. »Außerdem musst du ihm erst mal guten Tag sagen. Er tut dir nichts, ich verspreche es.«

Papa streckt zögernd die Hand aus und streicht mit den Fingerspitzen über Stars Hals.

»Sooo ja, gutes Pferd. Nicht beißen. Nicht treten.«

In gehörigem Abstand folgt Papa Kristin und mir hinunter zum Stall. Geduldig wartet er, während ich Star absattle.

»Dass du dich das traust«, sagt er beeindruckt, als ich Stars Hinterhufe auskratze. »Was, wenn er dich jetzt tritt? Sei bloß vorsichtig.«

Kristin sieht Papa an, als hätte er nicht mehr alle Tassen im Schrank.

»Du bleibst doch ein bisschen?«, frage ich.

Bei Papa kann man nämlich nie wissen. Manchmal taucht er ganz überraschend auf, nur um ein paar Minuten später schon wieder loszuhetzen. Dann wünsche ich mir beinahe, dass er überhaupt nicht gekommen wäre.

»Klar bleibe ich«, sagt er und legt seinen Arm um meine Schulter.

Aber als wir in die Küche stapfen, macht er ein Gesicht, als würde er es bereuen. Denn da sitzt Mama auf Lasses Schoß und die beiden sind so mit Knutschen beschäftigt, dass sie uns nicht kommen hören.

»Oh Verzeihung. Wir wollten nicht stören«, sagt Papa und tritt hastig ein paar Schritte zurück.

Mama schaut hoch und strahlt ihn an. Ihr Lippenstift ist

ganz abgeküsst. Dafür hat Lasse überall im Gesicht klebrige rote Flecken.

»Nur herein. Du störst überhaupt nicht. Lasse hat einen Toskana-Kuchen gebacken. Wenn du brav bist, darfst du probieren.«

Lasse und Papa mustern sich abschätzend.

»Tag«, sagt Lasse und streckt die Hand aus.

Papa lässt sich auf einen Stuhl fallen und tut so, als hätte er die Hand nicht gesehen. Er macht kein sehr erfreutes Gesicht. Mürrisch starrt er vor sich hin und gibt sich alle Mühe, Lasse nicht anzusehen. Ich schäme mich für ihn. Lasse ist echt in Ordnung. Papa hat überhaupt keinen Grund, eifersüchtig zu sein. Schließlich war er es, der Mama verlassen hat, um mit Elisabeth zusammenzuziehen.

»Ich glaube, ich geh dann mal rüber zu mir«, sagt Lasse nach ein paar Minuten und verzieht sich. Den Toskana-Kuchen lässt er da.

Als die Wohnungstür ins Schloss gefallen ist, wirbelt Mama herum und bohrt ihre Augen in Papas. Gesicht und Hals sind brennend rot. Aus ihren Augen lodern Flammen.

»Was, bitte schön, sollte das denn?«, faucht sie.

»Was meinst du?«, fragt Papa unschuldig.

»Lasse hat dir nichts getan! Du hättest wenigstens *versuchen* können, höflich zu ihm zu sein.«

Papa macht die Schultern gerade und rückt den Krawattenknoten zurecht.

»Entschuldige mal bitte, ich glaube wirklich nicht, dass es Lisa gut tut, wenn sie mit ansehen muss, wie du dich gerade eben aufgeführt hast.«

»Was meinst du mit ›aufgeführt‹?«, fragt Mama mit Unheil verkündend leiser Stimme. »Meinst du vielleicht, dass wir uns geküsst haben? Küsst du Elisabeth nie, wenn Lisa oder Nils dabei sind?«

Papa verdreht die Augen.

»Elisabeth ist meine Frau. Das ist etwas ganz anderes als all deine Liebhaber.«

Mama sprüht beinahe Funken vor Wut. Mit einem Satz ist sie bei Papa und packt ihn am Schlips. Er starrt sie erschrocken an.

»Du eingebildeter Riesenaffe! Was gibt dir eigentlich das Recht, hierher zu kommen und mir vorschreiben zu wollen, was ich tun und lassen soll? Ich mache, was ich will, kapier das endlich. Nicht, dass es dich etwas angeht, aber Lasse und ich werden zusammenziehen und heiraten. In Zukunft brauchst du dir also keine Sorgen mehr über ›all meine Liebhaber‹ zu machen. Manchmal bist du so was von dumm, dass ich es kaum fassen kann. Dein mikroskopisch kleines Hirn muss sich in einen wurmstichigen Pfifferling verwandelt haben. Und jetzt mach, dass du wegkommst, bevor ich dich rauswerfe!«

Nach Mamas Wutanfall breitet sich lähmende Stille in der Küche aus. Papa sperrt den Mund auf und schnappt nach Luft. Mamas Zug an der Krawatte hat ihm beinahe den Hals abgeschnürt. Zufrieden mustert Mama sein schockiertes Gesicht.

»D-d-du willst wieder heiraten?«, stottert Papa, als er wieder durchatmen kann.

»Ja, das habe ich vor. Hast du vielleicht was dagegen? Findest du das etwa auch schädlich für Lisa? Was weiß ich, vielleicht hast du ja als Einziger das Recht, wieder mit einem neuen Partner zu leben?«

»Natürlich nicht«, murmelt Papa und zieht sich Richtung Tür zurück. »Ich rufe dich lieber morgen an, Lisa.«

Und weg ist er.

Mama sinkt auf einen Küchenstuhl und schüttelt den Kopf.

»Der Kerl macht mich wahnsinnig«, seufzt sie. »Keiner bringt mich so auf die Palme wie der. Er weiß genau, wie er es anstellen muss. Verzeih mir, Lisa. Ich weiß, wie sehr du dich danach gesehnt hast, ihn wiederzusehen. Ich wollte ihn nicht verjagen. Aber ich war so wütend, dass ich mich nicht beherrschen konnte.«

»Das habe ich gemerkt.«

»Komm mal her und setz dich«, sagt Mama und klopft sich auf den Schenkel.

Die Enttäuschung darüber, dass Mama und Papa durch ihr ewiges Gezanke schon wieder alles kaputtgemacht haben, lässt mich zögern. Aber ich sehne mich auch danach, getröstet zu werden, und dieses Gefühl ist stärker. Ich setze mich auf ihren Schoß und sie wiegt mich sachte in den Armen.

»Du und Lasse, ihr wollt heiraten?«, frage ich leise.

Dass Lasse mit Mama zusammenleben und sie heiraten will, ist kein Geheimnis. Aber bisher hat Mama immer gezögert.

»Ich weiß nicht«, sagt Mama. »Das zu sagen, war eine so fantastische Möglichkeit, dem Blödmann den Wind aus den Segeln zu nehmen, dass ich es mir einfach nicht verkneifen konnte.«

»Und es wäre eine fantastische Möglichkeit, mich glücklich zu machen«, ertönt eine Stimme hinter uns. »Ich wünschte, du könntest dir auch das nicht verkneifen.«

In der Tür steht Lasse. Seine alte Jeans ist ausgebeulter denn je, das Hemd ist voller Farbflecken und auf dem Kopf hat er die hässliche Baseballkappe, die Mama hasst wie die Pest.

»Ich verspreche dir auch, die Kappe zu verbrennen, wenn du ja sagst«, grinst Lasse.

Seine Augen strahlen. Es ist wirklich nicht schwer, ihn gern zu haben.

»Was meinst du dazu, Lisa?«, fragt Mama.

»Ich finde, du solltest ja sagen«, antworte ich.

5

Im Schulbus habe ich über vieles nachzudenken. Fast ein halbes Jahr lang hat Mama hin und her geschwankt. Mal will sie nichts lieber als mit Lasse zusammenziehen, und eine halbe Stunde später ist sie ebenso sicher, dass sie ihn satt haben wird, sobald er die Wand zwischen unseren Wohnungen einreißt.

Kristin und ich haben viel darüber geredet. Wir sind beide nervös, wie es wohl werden wird. Kristin macht sich Sorgen, dass meine Mutter sie dann auch erziehen will und ständig an ihr herumnörgelt. Mütterliches Gequengel hat sie genug abgekriegt, als sie noch bei ihrer eigenen Mutter wohnte. Die beiden haben sich über jede Kleinigkeit gestritten, wenn man Kristin glauben darf.

Ich dagegen mache mir vor allem Sorgen, dass Mama sich nur noch um Lasse kümmert und mich dabei vergisst. Viele Jahre lang waren wir nur zu zweit und daran habe ich mich gewöhnt.

Aber trotzdem, die Vorstellung, dass wir alle vier am Küchentisch sitzen und plötzlich eine richtige Familie sind, ist auch schön. Und Lasse ist nett. Obwohl er Kristin natürlich am liebsten hat, weiß ich doch, dass er mich auch sehr mag. Außerdem ist es ungeheuer praktisch, dass wir schon im selben Haus wohnen. Niemand braucht umzuziehen. Kristin kann ihr Zimmer behalten und ich meins.

Als Mama sich bereit erklärt hat, mit ihm zusammenzuziehen, wollte Lasse sofort mit dem Möbelrücken anfangen. Aber da hat Mama ihn schnell gestoppt.

»Jetzt mal schön langsam. Bevor ich darüber nachdenken kann, wo das Sofa stehen soll, muss ich mich erst an den Gedanken gewöhnen.«

Lasse seufzte leise, nickte aber nur. Er weiß, dass man Mama nicht drängen darf, sie wird dann bloß dickköpfig. Er tut mir fast ein bisschen Leid. Dass Mama in ihrer Wut Papa ins Gesicht brüllte, sie würde Lasse heiraten, ist vielleicht nicht gerade die beste Voraussetzung für eine Ehe. Mamas heftiges Temperament reißt sie oft zu Entscheidungen hin, die sie bereut, wenn sie sich wieder beruhigt hat.

Anna steht nicht an der Haltestelle, als der Bus an der Schule ankommt. Enttäuscht halte ich nach ihr Ausschau, aber sie ist nirgends zu sehen. Sonst steht sie immer da und wartet auf mich. Vielleicht ist sie krank?

Als ich in die Klasse komme, entdecke ich sie sofort. Sie sitzt nicht mehr neben mir in der Bank, sondern hat sich einen Platz weiter hinten gesucht. Zögernd gehe ich auf sie zu. Als ich direkt vor ihr stehe, sieht sie hoch und schaut mich an. Nein, sie schaut mich nicht an, sie sieht direkt durch mich hindurch, als wäre ich unsichtbar. Ich mache den Mund auf, um etwas zu sagen, klappe ihn aber wieder zu. Man muss nicht Gedanken lesen können, um zu begreifen, dass Anna nicht mit mir reden will.

In dieser Stunde höre ich kein Wort von dem, was Bengtsson sagt. Die ganze Zeit spüre ich Annas scharfe Blicke in meinem Rücken. In mir brodelt es vor Wut und Enttäuschung. Ich will keinen Krach mit Anna. Natürlich verstehe ich, dass sie neidisch auf mich ist, aber die Sache mit dem Springkurs ist doch nicht meine Schuld. Ich habe wirklich versucht, Maggan zu überreden. Dass Anna sauer auf mich ist, weil es nicht geklappt hat, ist ungerecht. Der Platz neben mir ist leer und verlassen. Alle in der Klasse können sehen, dass Anna nichts mit mir zu tun haben will.

Als die Stunde um ist und Anna an meinem Tisch vorbeigeht, kann ich nicht länger schweigen. Ich packe sie von hinten an ihrem Pullover.

»Ich kann nichts dafür, dass Maggan dir kein Schulpferd leihen will«, sage ich.

Anna sieht mich mit kaltem Blick an.

»Wenn du dich angestrengt hättest, wäre es dir gelungen. Maggan hört auf dich. Aber du wolltest gar nicht. Du willst lieber mit deinen feinen Pferdebesitzerfreunden zusammen sein als mit mir.«

»Das stimmt doch überhaupt nicht«, sage ich. »Du weißt, dass es nicht stimmt.«

Annas Blick brennt sich in meine Augen. Ihre Pupillen sind kleine Stecknadelköpfe.

»Seit du Star gekriegt hast, denkst du nur noch an dich. Du, du, du und Star, Star, Star. Ich könnte kotzen.«

Mit diesen Worten dreht sie mir den Rücken zu und geht weg. Ich bleibe ganz still sitzen, als wäre ich auf dem Stuhl festgefroren. Das ist so ungerecht, dass mir ganz flau wird. Ich habe ihr kaum etwas über Star und mich erzählt. Sie ist es doch, die die ganze Zeit über ihren Hawaii-Urlaub redet.

Ist es wirklich nicht möglich, dass Anna und ich Freundinnen sind, nur weil ich Star habe? Dabei war ich so froh, dass wir uns wieder vertragen haben, nachdem Anna so viele Lügen über mich verbreitet hatte. Und jetzt ist wieder alles genau so wie in der schlimmen Zeit.

Jemand setzt sich auf den Stuhl neben mir und für den Bruchteil einer Sekunde bilde ich mir ein, dass es Anna ist, die es sich anders überlegt hat. Aber sie ist es nicht, es ist Jonte.

»Was ist los, Lisa?«

»Nichts«, antworte ich und starre hinunter auf den Tisch, damit er meine tränennassen Augen nicht sieht.

»Ich sehe doch, dass du traurig bist. Oder willst du mir nicht sagen, was passiert ist?«

Jonte sitzt so dicht neben mir, dass ich seinen Atem auf meinem nackten Arm spüre. Auf einmal merke ich, dass ich nichts lieber möchte, als ihm alles zu erzählen. Er hört schweigend zu, während ich rede. Ab und zu schiele ich zu ihm hinüber, um zu sehen, ob er noch zuhört. Das tut er.

»Ist es meine Schuld, dass ich ein Pony habe und Anna nicht? Muss ich Star verkaufen, damit Anna zufrieden ist?«

»Du würdest doch nicht Star verkaufen, um Anna wieder als Freundin zu gewinnen?«, fragt Jonte.

»Natürlich nicht«, fauche ich.

Star verkaufen? Spinnt er?

»Na also«, sagt Jonte und zuckt die Schultern.

»Aber ich will nicht, dass Anna sauer auf mich ist«, schluchze ich.

»Warte«, sagt Jonte leise.

Er sieht sich rasch um. Der Klassenraum ist leer. Alle anderen sind draußen in der Pause. Seine blauen Augen glitzern und bevor ich begreife, was passiert, küsst er mich auf den Mund. Sein langer Pony kitzelt an meiner Nase. Ich küsse ihn schnell zurück und dann sehen wir uns verlegen an. Endlich ist es zwischen uns wieder so wie im Reitlager.

»Ich kann mich zu dir in die Bank setzen, dann bist du nicht mehr so allein«, sagt Jonte. »Aber natürlich nur, wenn du willst.«

»Klar will ich«, sage ich lächelnd.

Die Wut und die Traurigkeit über Annas Anfeindungen lassen sich plötzlich viel leichter ertragen. Noch besser fühle ich mich, als die Pause um ist und Anna in die Klasse zurückkommt. Ich sehe, wie verblüfft sie ist, als sie entdeckt, dass der Platz neben mir nicht mehr leer ist.

Jonte und ich stecken fast die ganze Stunde die Köpfe zusammen und flüstern. Es gibt so vieles, über das wir reden müssen. Der Lehrer ermahnt uns mehrere Male, aber wir kümmern uns nicht darum. Ab und zu drehe ich mich um und sehe triumphierend zu Anna. Sie schaut wütend zurück.

»Heute haben wir früher Schluss. Wollen wir zusammen ausreiten?«, fragt Jonte. »Wir könnten uns auf halbem Weg treffen, unten an der alten Steinbrücke.«

»Gut, machen wir«, antworte ich leichthin.

Ich versuche so zu tun, als spielte es keine große Rolle für mich, dass er fragt. Aber innerlich singe ich vor Freude. Er hat sich getraut, das zu fragen, was ich mich nicht getraut habe.

Vielleicht versteht er trotzdem, wie sehr ich mich freue, denn er lacht auf diese besondere Art, die nur er drauf hat. Dieses Lachen, das langsam angeschlichen kommt und sich dann ausbreitet, bis sein ganzes Gesicht strahlt.

Wohl noch nie hat der Schulbus so lange bis nach Hause gebraucht. Ich versuche, ihn mit der Kraft meiner Gedanken anzutreiben, aber es nützt kein bisschen.

Jonte und ich werden zusammen ausreiten. Nur wir beide. Vielleicht ist dies das Gefühl, das die anderen Mädchen in der Klasse haben, wenn sie sich auf die Disco freuen. Brausepulver im ganzen Körper. Aber während sie Klamotten anprobieren und sich die Wimpern tuschen, gebe ich mir besonders große Mühe, Stars Fell glänzend zu bürsten. Ich brauche nicht mal meine Haare zu kämmen, denn die sieht man unter der Reitkappe sowieso nicht. Außerdem bin ich sicher, dass es Jonte schnurzegal ist, ob ich gekämmt bin oder nicht.

Ein bisschen Sorge macht mir, ob Kristin wohl eingeschnappt ist, weil ich nicht mit ihr zusammen ausreite.

Ich möchte ihr am liebsten gar nicht sagen, warum ich gerade heute allein ausreiten will. Aber Kristin kann ich nichts vormachen. Sie merkt sofort, dass etwas im Gange ist.

»Erzähl, was ist los«, verlangt sie.

»Nichts ist los«, sage ich und versuche mir einzureden, dass es keine Lüge ist.

Kristin legt den Kopf schräg und sieht mich aus schmalen Augen an.

»Soll ich raten? Hat es vielleicht was mit dem Typen in deiner Klasse zu tun, der mit dir im selben Reitlager war? Sieh mal einer an … du wirst rot! Treffer beim ersten Versuch, stimmt's?«

Sie lacht zufrieden.

»Dieser Jonte kann kaum schlimmer sein als Anna«, fügt sie hinzu.

Ich gehe nicht darauf ein. Ich habe keine Lust, Kristin von Annas ungerechten Vorwürfen zu erzählen. Jedenfalls noch nicht. Wer weiß, vielleicht bereut Anna es schon.

»Viel Spaß auch!«, ruft Kristin mir nach, als ich losreite. Sie grinst spöttisch und ich zeige ihr die Zunge. Star gefällt es gar nicht, Olle zurückzulassen. Er kommt nicht recht in Gang und wiehert immer wieder laut. Als der Stall hinter uns verschwindet und wir den Wald erreichen, wird es besser. Schnell ist Olle vergessen und der Inhalt der Haferkrippe auch. Wir folgen dem gewundenen Weg durch den Wald. Auf der anderen Seite überqueren wir einige Wiesen, um schneller zur Steinbrücke zu kommen.

Jonte ist noch nicht da. Ich halte Ausschau in alle Richtungen, aber es ist kein Junge auf einem Pferd zu sehen. Ich ärgere mich ein bisschen. Jetzt wird er merken, wie sehr ich mich beeilt habe, und das will ich nicht. Vorsichtig lenke ich Star die Böschung neben der Brücke hinunter. Er watet ins Wasser und trinkt mit tiefen, schlürfenden Zügen. Als ich im Frühling hier geritten bin, brauste das Wasser in schäumenden Wirbeln unter der Brücke hindurch. Jetzt, nach dem trockenen Sommer, ist nur noch ein kleiner plätschernder Bach übrig.

Plötzlich höre ich Hufklappern in der Ferne und vor Freude macht mein Magen einen Sprung. Eine Minute später taucht Jonte oben auf der Brücke auf. Daisy tänzelt auf der Stelle, dass ihre sahneweiße Mähne nur so flattert. Auf ihrem Rücken sieht Jonte größer aus als in der Schule. In der Klasse ist sein Hals so dünn, wenn er sich über die Bücher beugt, und seine Arme und Beine sind lang und schlaksig. Aber wenn er Daisy reitet, sieht er gar nicht mehr ungelenk aus, und ich glaube nicht, dass es nur an seinem bauschigen Pullover liegt. Es ist, als würde ihre Kraft auf ihn übergehen.

»Hei, hab dich gar nicht gesehen«, ruft Jonte und lacht zu mir hinunter. »Ich war ganz sicher, dass ich als Erster hier sein würde. Mann, ich hab mich so beeilt. Peter hat gleich gemerkt, dass ich was Besonderes vorhabe.«

Seine Worte machen mich froh. Er findet unsere Verabredung also auch spannend.

»Ein Stück weiter gibt es einen Waldweg, der perfekt zum Galoppieren ist. Wie hört sich das an?«, fragt Jonte.

»Hervorragend.«

Star ist begeistert, Daisy zu treffen. Er läuft auf sie zu und stupst sie mit seinem weichen Maul neugierig an. Daisy antwortet mit einem kurzen heiseren Wiehern. Sofort beginnt Star, mit hochgezogenen Vorderbeinen und aufgerichtetem Schweif um sie herumzustolzieren. Es ist mir richtig peinlich, aber Jonte lacht nur, und Daisy sieht aus, als gefiele ihr Stars Herumscharwenzeln.

Jontes Waldweg ist wirklich prima. Weich und breit und wie geschaffen zum Galoppieren.

»Wer Erster ist, gibt ein Eis aus!«, ruft Jonte und drückt Daisy die Fersen in die Weichen.

Mit einem Sprung rasen die beiden los und auch Star lässt sich nicht lange bitten. Er reißt mir die Zügel aus den Händen und versucht Daisy einzuholen. Es geht wahnsinnig schnell vorwärts. Der Weg unter uns wird zu einem undeutlichen Streifen und die Tannenzweige fliegen vorbei wie eine grüne Kulisse. Star liebt es, schnell zu galoppieren, und freiwillig gibt er sich nie geschlagen. Ganz egal, ob sein Konkurrent größer ist als er. Sein ganzes Wesen ist nur von der Sehnsucht erfüllt, Erster zu sein.

Seit dem Galopprennen am Anfang der Sommerferien

weiß ich, dass Star schnell ist. Aber Daisy ist größer und kräftiger. Trotzdem holt Star Meter für Meter auf. Als Jonte über die Schulter zurückschaut, sehe ich Verwunderung in seinen Augen aufblitzen, dass wir noch nicht abgehängt sind. Er beugt sich vor und feuert Daisy an.

Star brauche ich nicht anzutreiben. Er gibt alles, ohne dass ich ihn darum bitten muss. Er fliegt vorwärts wie ein schwarzer Wirbelwind aus Zähigkeit und Ehrgeiz. Die Hufe donnern über den Boden. Wir sind schon auf gleicher Höhe. Mit einer letzten Kraftanstrengung zieht Star vorbei und lässt Daisy hinter sich.

6

Die Pferde keuchen mächtig, als wir langsamer werden. Stars Hals glänzt vor Schweiß, aber er hat noch reichlich Energie und tänzelt aufgeregt auf der Stelle. Ich klopfe seinen Hals und lache glücklich.

»Mann, was für ein schneller kleiner Teufel. Ich fass es kaum, wie er das geschafft hat«, mault Jonte.

»Und das bei dem Vorsprung, den ihr hattet«, sage ich neckisch.

Jonte schneidet eine Grimasse.

»Na warte, Lisa. Ich gebe nicht auf, ich will eine Revanche.«

»Die sollst du kriegen«, lache ich.

»Hoffentlich finden wir bald einen Kiosk«, sagt Jonte. »Du schuldest mir ein Eis. Der Gewinner gibt eins aus, war es nicht so?«

»Okay«, antworte ich. »Aber dann musst du mit zu mir nach Hause kommen. Unser Gefrierschrank ist voller Eis.«

»Klar doch«, sagt Jonte.

Der Wald hat immer etwas Verzaubertes an sich. Dieser Geruch nach Moos und Farn. Dunkelgrünes Sonnenlicht, das durch die tief herabhängenden Tannenzweige dringt. Gedämpftes Hufgetrappel auf den nadelbedeckten Pfaden. Ich wiege mich in Stars Schritten und kneife die Augen zusammen. Neben mir reitet Jonte. Jetzt ist zwischen uns wieder dieselbe Selbstverständlichkeit wie im Reitlager. Manchmal ist das Leben so schön, dass es beinahe wehtut.

Als wir uns Hallondalen nähern, bereue ich mein Angebot beinahe schon wieder. War vielleicht doch keine so gute Idee, Jonte zu mir nach Hause einzuladen. Ich will nicht riskieren, dass Mama und Kristin alles kaputtmachen, indem sie zweideutige Sachen sagen und sich viel sagend zuzwinkern.

Aber als wir ankommen, macht Kristin Dressurübungen auf unserer provisorischen Reitbahn. Sie ist so beschäftigt, dass sie für uns gar keine Zeit hat. Olle geht wie ein richtiges Dressurpferd, versammelt und mit schön gebogenem Hals.

»Ach, wenn ich das doch auch nur lernen könnte«, seufzt Jonte mit sehnsüchtiger Stimme.

Genau das denke ich auch immer, wenn ich Kristin reiten sehe. Wir haben denselben Traum, Jonte und ich. Das ist ein schönes Gefühl. Ein Glück, dass er sich nicht nur für Mopeds, Fußball und Computerspiele interessiert, so wie es anscheinend alle anderen Jungs tun. Dann hätten wir nicht viel, worüber wir reden könnten.

Daisy und Star lassen wir auf die Koppel, bevor wir zum Eisessen ins Haus gehen. Ich werfe ihnen einen Arm voll Heu hin und sie stehen einträchtig nebeneinander und mampfen.

Mama hat auch keine Zeit, sich über uns lustig zu machen. Sie sitzt vor dem PC und haut in die Tasten, dass es nur so klappert. Als wir hereinkommen, hat sie kaum Zeit, uns guten Tag zu sagen.

»Hallo, Jonte! Schön, dich wiederzusehen«, sagt sie nur. »Holt euch aus der Küche, was ihr möchtet. Ich habe der Redaktion versprochen, diesen Artikel hier vor sechs Uhr zu liefern, also stört mich bitte nicht, okay?«

Ich hole Eis aus dem Tiefkühlfach und Waffeln und Schokoladensoße dazu. Jonte sieht so hungrig aus, dass ich auch noch ein paar Frikadellen in der Mikrowelle heiß mache. Wir setzen uns an den Küchentisch und essen. Komisches Gefühl, Jonte hier zu Hause so dicht bei mir zu haben.

»Schwer in Ordnung, deine Mutter. Im Reitlager habe ich mich zuerst gewundert, dass sie mitgekommen ist. Ich dachte, sie wäre deinetwegen da, weil du dich vielleicht nicht getraut hast ohne sie. Aber dann hab ich geschnallt, dass sie selbst auch reiten wollte. Muss cool sein, eine Mutter zu haben, die reiten kann. Meine traut sich kaum, Daisy nur zu streicheln.«

»Manchmal ist es nervig, dass sie alles besser weiß. Aber meistens ist sie ganz okay. Ohne ihre Hilfe hätte ich nie reiten gelernt.«

Ich erzähle ihm, wie es war, als ich meine ersten Reitstunden hatte. Wie ich im Sattel herumrutschte und dachte, alle würden mich auslachen. Und dass ich beinahe schon aufgeben wollte, weil es so schwer war.

Mitten in meiner Erzählung biegt plötzlich ein Taxi auf den Hof. Aus dem Auto klettert ein Mann, der kaum auf den Beinen stehen kann. Er muss sich an der Tür festhalten, um nicht hinzufallen. Ich verstumme und starre nach draußen.

»Was ist denn das für ein komischer Typ? Sieht aus, als ob er stockbesoffen ist«, sagt Jonte atemlos.

Der Mann stolpert verwirrt auf dem Hof herum. Er geht wie ein neugeborenes Kalb und es sieht aus, als wüsste er nicht richtig, wohin. Vor der Treppe hält er an und starrt hinauf zum Fenster. Seine Haare sind zerzaust und sein Anzug ist verknittert. Seine Augen irren hin und her, ohne Halt zu finden.

»Mama, komm mal!«, rufe ich.

»Ich kann jetzt nicht, Spatz«, ruft Mama zurück. »Ihr müsst euch selbst was zu essen machen. Schieb eine Pizza in den Backofen oder mach ein paar Würstchen heiß.«

»Du musst aber kommen. *Jetzt gleich!*«

Der betrunkene Mann hat Kurs auf unsere Haustür genommen und ist auf dem Weg die Treppe hinauf. Ich laufe in Mamas Zimmer und packe sie am Arm. Das hier ist wirklich wichtiger als ihre Arbeit.

»Was ist denn um Himmels willen los, Lisa!«, sagt Mama ärgerlich. »Kann das nicht warten? Nur noch eine kleine Weile? Ich bin fast fertig.«

Im selben Moment wird die Haustür aufgestoßen und ein mordsmäßiges Gepolter ist zu hören. Das bringt Mama endlich auf Trab. Sie läuft in den Flur, ich hinterher. Unser Besucher ist anscheinend über die Türschwelle gestolpert, wollte sich festhalten und hat die Flurgarderobe heruntergerissen. Jetzt liegt er hilflos strampelnd zwischen Jacken, Schuhen und lehmigen Gummistiefeln.

»Was ist denn hier los?«, schreit Mama. »Ruf die Polizei an, Lisa! Wer weiß, was das für ein Verrückter ist. Vielleicht ist er gefährlich!«

Ich schüttle den Kopf.

»Siehst du denn nicht, wer das ist?«, sage ich.

Der Mann flucht leise vor sich hin und endlich gelingt es ihm, sich wieder aufzurappeln. Mit einfältigem Gesichtsausdruck starrt er Mama an und sie starrt zurück.

Plötzlich taucht Lasse in der Tür auf und sieht uns erschrocken an. Das bringt Leben in den Betrunkenen. Er macht einen wackeligen Schritt auf Lasse zu und schüttelt drohend die Faust.

»Du … du Frauenklauer! Du kriss meine Frau nich!!!«, brüllt er und schwankt.

»Papa, hör auf!«, rufe ich.

»Wissu et… wissu etwa den als neuen Vadder ham?«, lallt Papa und sieht mich mit umnebeltem Blick an.

Ich glaube, ich habe Papa noch nie betrunken gesehen. Vielleicht mal beschwipst nach einer Feier, aber noch nie so voll wie jetzt. Er kann kaum auf seinen eigenen Füßen stehen und ich schäme mich so sehr für ihn, dass ich nicht weiß, wo ich hingucken soll. Bei dem Gedanken, dass Jonte hinter mir steht und alles mit ansieht, könnte ich heulen. Jetzt fehlt nur noch, dass Mama einen ihrer berühmten Tobsuchtsanfälle kriegt.

Aber komischerweise sieht sie nicht mal ärgerlich aus.

»Ich kümmere mich um ihn«, sagt sie ganz ruhig. »Na komm, Rolf, du legst dich jetzt erst mal eine Weile hin. Sieht aus, als hättest du ein bisschen Ruhe nötig.«

Entschieden packt sie Papa und zieht ihn mit sich ins Wohnzimmer. Wir hören, wie er mit einem Stöhnen auf das Sofa plumpst.

»Was ist denn passiert?«, fragt Lasse.

»Keine Ahnung«, sage ich.

»Nita kommt sicher ganz gut alleine klar«, sagt Lasse. »Aber versprich mir, dass du mich holst, wenn es Ärger gibt.«

Als Lasse gegangen ist, sehe ich Jonte an. Er macht ein verwirrtes Gesicht und das ist ja auch kein Wunder.

»Tut mir Leid. So was macht Papa sonst nie«, sage ich leise. »Er muss es sich mächtig zu Herzen genommen haben, dass Mama gesagt hat, sie will Lasse heiraten.«

»Ich gehe jetzt wohl besser«, meint Jonte und verschwindet durch die Tür, ohne tschüss gesagt zu haben.

Auf dem Küchentisch stehen noch unsere halb gegessenen Eisportionen. Das Eis ist geschmolzen und hat sich in Vanillesoße verwandelt.

Papa schläft auf dem Sofa. Er liegt auf dem Rücken und schnarcht mit offenem Mund. Ich betrachte ihn angewidert. Mein Vater soll sich nicht so benehmen. Mama ist auch anders als sonst. Sie schimpft kein bisschen. Stattdessen sitzt sie auf dem Fußboden neben Papa und sieht ihn geradezu liebevoll an.

»Mama ...«, sage ich mit Tränen in der Stimme.

Sofort ist Mama auf den Beinen und schließt mich in ihre Arme. Sanft streicht sie mir übers Haar.

»Meine arme, kleine Lisa«, flüstert sie. »Das hier hätte ich dir gerne erspart. Wo doch Jonte zu Besuch war und alles.«

Die Tränen schwimmen in meinen Augen und ich umarme Mama ganz fest. Jetzt, wo man sich auf Papa nicht mehr verlassen kann, habe ich nur noch sie.

»Was hat er denn?«, frage ich leise und nicke in Papas Richtung.

Er grunzt und stöhnt im Schlaf. Es hört sich ekelhaft an.

»Er ist eifersüchtig«, sagt Mama. »Da hat er mich vor vielen Jahren wegen Elisabeth verlassen und trotzdem regt er sich dermaßen darüber auf, dass ich einen anderen gefunden habe. Manchmal ist er wirklich ein Idiot.«

»Warum bist du nicht wütend?«, frage ich.

Mama kichert.

»Ja, das ist wirklich komisch. Natürlich müsste ich wütend auf ihn sein, dass er hier hereinpoltert und uns Ärger macht. Aber soll ich dir was sagen? Eigentlich freue ich mich. So sehr wie schon lange nicht mehr.«

»Du freust dich?«, frage ich verblüfft.

Mama sieht auf Papa hinunter.

»Du weißt ja, wie wütend ich war, als er uns sitzen gelassen hat. Das Schlimmste war gar nicht mal, dass er uns verließ, sondern dass er nicht verstand, wie schwer es danach für mich war. Er hat nie begriffen, wie weh es mir tat, ihn mit seiner neuen Frau und dem kleinen Baby zu sehen. Aber jetzt, wo ich Lasse kennen gelernt habe, spürt er es am eigenen Leib, obwohl wir nicht mal mehr verheiratet sind. Verstehst du?«

»Nicht ganz.«

»Ich dachte, er hätte mich verlassen und sofort vergessen. Aber das hat er offenbar nicht. Er macht sich immer noch etwas aus mir.«

»Was machen wir jetzt mit ihm?«, will ich wissen. »Er kann doch nicht auf dem Sofa übernachten.«

Mama grinst spitzbübisch und ihre Augen glitzern. Sie sieht genau aus wie Star, wenn er sich etwas ganz besonders Neckisches überlegt hat.

»Jetzt kommt das, was mir am meisten Spaß macht. Ich werde Elisabeth anrufen und sie bitten, ihren Mann abzuholen.«

Papa liegt immer noch auf dem Sofa und schnarcht, als Elisabeth zwei Stunden später eintrifft. Sie sieht ihn voller Abscheu an.

»Nun, hier kann er ja kaum liegen bleiben«, sagt Mama aufgekratzt.

»Was macht er überhaupt hier?«, will Elisabeth wissen. Ihr pinkfarbener Lippenstiftmund ist ein schmaler Strich und ihre Augen wandern nervös zwischen Mama und Papa hin und her.

»Er schläft«, sagt Mama.

»Das sehe ich selbst«, erwidert Elisabeth spitz. »Das habe ich auch nicht gemeint.«

»Ich habe dich schon verstanden«, sagt Mama und lächelt. »Aber die Einzelheiten soll Rolf dir lieber selbst erzählen. Ich schlage vor, dass wir den müden Krieger erst einmal ins Auto verfrachten.«

Mama legt sich Papas einen Arm um die Schultern und Elisabeth nimmt den anderen. Papa hängt zwischen ihnen wie eine kaputte Puppe. Ihre einzige Chance, ihn nach draußen zu bringen, ist, ihn hinter sich herzuziehen. Ich will nicht zusehen, wie mein Vater über den Fußboden geschleift wird wie ein Sack Kartoffeln.

»Ich hole Lasse«, rufe ich.

Mit Mamas Hilfe gelingt es Lasse, Papa zu schultern und ihn die Treppe hinunter zum Auto zu tragen. Gemeinsam bugsieren sie ihn auf die Rückbank.

»Armer Rolf«, sagt Mama und streichelt Papa über die Wange. »Wie sehr du dich wohl schämen wirst, wenn du wieder bei Besinnung bist.«

Seit der Scheidung hat sie ihn nicht mehr Rolf genannt. »Dein Vater«, sagt sie sonst immer. Gerade so, als würde er nur mir gehören und als hätte sie nie was mit ihm zu tun gehabt.

»Sei lieb zu ihm«, sagt Mama zu Elisabeth. »Es wird ihm nicht gut gehen, wenn er aufwacht.«

Elisabeth verzieht säuerlich den Mund, steigt ohne ein Wort ins Auto und gibt so heftig Gas, dass der Kies unter den Reifen wegspritzt.

»Weg mit Mann Nummer eins und her mit Mann Nummer zwei«, sagt Mama und lacht aus vollem Hals.

Sie wirft sich in Lasses Arme und küsst ihn auf den Mund, dass es nur so schmatzt.

»Ich habe den Glauben an die Liebe wiedergefunden«, sagt sie mit dramatischem Beben in der Stimme. »Ich finde, wir sollten jetzt so schnell wie möglich heiraten.«

»Langsam begreife ich überhaupt nichts mehr«, sagt Lasse. »Aber das macht nichts. Hauptsache, du hast dich endlich entschieden.«

7

Den ganzen Morgen quält mich die Sorge, ob Jonte mir wohl aus dem Weg gehen wird, wo Papa sich doch so entsetzlich blamiert hat. Ich erwähne es gegenüber Kristin, bereue es aber sofort, als ich ihre spöttische Miene sehe.

»Bist du etwa verknallt in ihn?«, will sie wissen.

»Spinnst du jetzt total, oder was«, fauche ich. »Jonte und ich sind Kumpel, sonst nichts.«

»*Love, love, love*«, summt Kristin und ich kann nicht anders, ich muss grinsen.

Auch an diesem Morgen wartet Anna nicht an der Bushaltestelle vor der Schule. Aber Jonte. Mir wird ganz heiß vor Freude, als ich ihn entdecke.

»Wie geht's deinem Vater?«, fragt er.

Ich finde es gut, dass er das Thema sofort anspricht.

»Weiß nicht«, antworte ich. »Bestimmt hat er heute Morgen einen dicken Brummschädel und das geschieht ihm recht. So hat er sich vorher noch nie aufgeführt.«

»Wahrscheinlich hatte er nur Kummer«, sagt Jonte und ich staune darüber, wie viel er versteht, ohne dass er weiß, wie die Dinge eigentlich liegen.

Armer Papa. Auf einmal bin ich überhaupt nicht mehr sauer auf ihn. Gerade jetzt hat er es bestimmt auch nicht leicht. Ich weiß, wie wütend Elisabeth werden kann, und sie sah nicht gerade sehr verständnisvoll aus, als sie Papa gestern abholte. Wahrscheinlich hat sie seitdem in einer Tour mit ihm geschimpft. Ich beschließe, Papa anzurufen und ihn zu trösten, sobald ich nach Hause komme.

Jonte und ich sind gerade in der Klasse und haben uns hingesetzt, als Anna angedackelt kommt. Ihre Schritte sind zögernd und sie sieht mich mit gesenktem Kopf an.

»Entschuldige, dass ich gestern so blöd zu dir war«, sagt sie leise. »Wollen wir wieder Freundinnen sein?«

»Na klar«, sage ich.

Annas Gesicht leuchtet auf. Aber dann schaut sie Jonte an und wird gleich wieder zickig.

»Sag dem da, er soll Leine ziehen, das ist mein Platz«, sagt sie und zeigt auf Jonte.

Es ist, als würde ein kalter Luftzug durch die Klasse wehen. Ich starre sie an und fühle mich wie in einer Falle. Egal, was ich jetzt tue, es wird falsch sein. Gebe ich Anna den Vorzug vor Jonte, ist er sauer, und zwar völlig zu Recht. Entscheide ich mich für Jonte, wird Anna mir das nie verzeihen.

Alle beide sehen mich an. Anna trotzig, Jonte fragend, und mir ist, als müsste ich ersticken.

»Ich gehe natürlich, wenn du willst«, sagt Jonte.

»Ja, hau ab«, sagt Anna.

Da glimmt ein trotziger Funke in Jontes Augen auf.

»Ich will Lisas Meinung hören, nicht deine.«

Plötzlich weiß ich, was ich will. Jonte hat mir die Möglichkeit gegeben, zu wählen. Anna nicht. Sie verlangt einfach, dass ich ihr gehorche.

»Ich bin gerne deine Freundin, Anna«, sage ich. »Aber jetzt sitzt Jonte hier. Du hast dir selbst ausgesucht, dass du woanders sitzen willst.«

Anna hält die Luft an. Sie macht den Mund auf, als wollte sie etwas sagen, aber dann klappt sie ihn wieder zu. Ohne ein Wort marschiert sie zurück zu ihrem Platz. Ihr hasserfüllter Blick ist wie eine Stichflamme. Bis eben war sie nur sauer auf mich. Jetzt ist sie meine Feindin.

»Das hättest du nicht tun müssen«, flüstert Jonte.

»Ich weiß«, flüstere ich zurück. »Aber ich sitze lieber neben dir. Ich will nicht, dass Anna über mich bestimmt.«

Unter dem Tisch tastet Jontes Hand nach meiner. Das macht es mir leichter, Annas Hass zu ertragen.

Als ich nach Hause komme, liegt ein großes Paket auf dem Küchentisch. Es ist in Silberpapier eingewickelt und sieht teuer aus. »Für Lisa«, steht drauf.

»Was ist das denn?«, frage ich erstaunt.

»Ist nicht von mir«, sagt Mama und macht ein geheimnisvolles Gesicht. »Nun mach endlich auf – ich bin schon den ganzen Tag neugierig.«

Vorsichtig entferne ich das Papier. Zwei weiße Kartons kommen zum Vorschein. Mit angehaltenem Atem öffne ich den ersten und traue kaum meinen Augen. Er enthält ein Paar schwarze Reitstiefel. Sie sind ganz neu und wahnsinnig blank. Im anderen Karton liegt eine Reithose, hellgrau mit dunkelgrauen Wildlederflecken an den Knien.

»Jetzt kapier ich überhaupt nichts mehr«, sage ich. »Ist das wirklich für mich?«

»Schau mal, was ich gekriegt habe«, sagt Mama und verschwindet in ihrem Arbeitszimmer.

Als sie wieder herauskommt, hat sie eine Vase voller roter Rosen in der einen Hand und eine Schachtel Pralinen in der anderen. Es sind mindestens zwanzig Rosen, und eine so große Pralinenschachtel habe ich noch nie im Leben gesehen. Plötzlich geht mir ein Licht auf.

»Von Papa, oder?«

Mama strahlt.

»Was meinst du, wie erstaunt ich war, als es an der Tür klopfte und der Bote draußen stand. Ich dachte erst, er hätte sich in der Adresse geirrt. Armer Rolf, er muss sich schrecklich schämen wegen gestern. Jetzt versucht er sich freizukaufen von der Schande. Ich möchte nur mal wissen, was er sich hat einfallen lassen, um Elisabeth gnädig zu stimmen. Das wird bestimmt nicht billig, möchte ich wetten. Ein hübsches kleines Cabrio oder eine romantische Reise nach Paris, mindestens.«

»Aber deswegen muss er doch nicht einen Haufen Geschenke kaufen«, sage ich. »Sooo schlimm war es nun auch wieder nicht.«

»Ja, ja. Du weißt doch, wie er ist. Es fällt ihm schwer, die richtigen Worte zu finden, da schickt er lieber ein paar teure Geschenke, anstatt ›Verzeihung‹ zu sagen. Geld genug hat er ja. Und uns beiden tut ein bisschen Luxus ganz gut, oder nicht? Jetzt probier mal die Sachen an, ich will sehen, wie du darin aussiehst.«

Ich steige aus meiner Jeans und ziehe die Reithose an. Sie sitzt wie angegossen. Die Stiefel passen auch. Ich drehe und wende mich vor dem Spiegel und genieße mein eigenes Spiegelbild.

»Jetzt siehst du aus wie eine richtige Turnierreiterin«, sagt Mama. »Wenn du ordentlich Springen übst, wirst du auch bald eine sein.«

Alle anderen, die an dem Springkurs teilnehmen, haben Reithosen und Reitstiefel. Ich war bisher die Einzige, die Jeans und gewöhnliche grüne Gummistiefel anhatte. Das war mir zwar egal, aber natürlich ist es viel cooler, richtige Reitkleidung zu tragen.

»Wie schön, jetzt brauche ich mich endlich nicht mehr für dich zu schämen«, neckt Kristin mich, als wir zu unserer zweiten Springstunde reiten. »Hauptsache, du fällst nicht runter und machst dich schmutzig.«

Ich strecke ihr die Zunge raus. Ich habe absolut nicht vor, mich abwerfen zu lassen. Diesmal werden Star und ich den anderen zeigen, dass wir mehr können, als in irrwitzigem Tempo durch die Reitbahn zu rasen. Star hat überhaupt keine Angst mehr. Er geht direkt und ohne Zögern in die Halle hinein und reagiert nicht einmal auf die Hindernisse, die Maggan aufgebaut hat.

Wir beginnen mit einem Trab über eine lange Reihe auf dem Boden liegender Stangen. Das macht Spaß. Weil Star und Sigge von allen Teilnehmerpferden die kleinsten sind, müssen sie extra lange Schritte machen, um nicht zu stolpern. Alle beide greifen ordentlich aus und es ist ein Gefühl, als würde man schweben.

»Star macht das ganz super«, ruft Lotta, als sie an uns vorbeireitet.

»Sigge auch«, rufe ich zurück.

Es ist kaum zu glauben – Lotta und ich machen uns Komplimente. Wo wir uns doch sonst immer gleich an die Kehle gesprungen sind, wenn wir uns trafen. Langsam glaube ich wirklich, dass Lottas Freundlichkeit echt ist.

Dafür habe ich jetzt eine neue Feindin. Sie steht auch diesmal auf der Tribüne, wie ein drohender dunkler Schatten. Jedes Mal, wenn ich in die Richtung schaue, sieht sie mich finster an und schickt mir Wolken von Feindseligkeit.

Neben Anna steht ein kleiner, eleganter Mann mit Trenchcoat und Hut. Er sieht nicht so aus, als gehörte er auf eine Reithallentribüne. Ich frage mich, wer das wohl ist.

»Was ist denn mit Anna los?«, fragt Kristin. »Wieso steht sie oben auf der Tribüne und sieht dich so finster an?«

»Wir sind verkracht«, sage ich. »Sie ist sauer auf mich, weil sie nicht beim Springkurs mitmachen darf.«

»Das ist doch nicht deine Schuld.«

»Du sagst es«, erwidere ich. »Aber sie denkt, ich könnte Maggan überreden, wenn ich wollte.«

Kristin sagt nichts dazu, kein ›Hab ich es dir nicht gesagt?‹, oder etwas in der Art. Dafür bin ich ihr dankbar.

Maggan legt ein paar Stangen vor einem der Hindernisse aus.

»Jetzt sollt ihr aus dem Trab heraus springen«, sagt sie. »Trabt über die Stangen und lasst das Pferd anschließend das Hindernis nehmen.«

»Wäre es nicht besser, die Stangen zu entfernen und das Hindernis anzugaloppieren?«, fragt die Frau mit der spitzen Nase. »In dem Kurs hier sollen wir uns doch aufs Turnierspringen vorbereiten und ich habe noch kein Turnier gesehen, bei dem Bodenstangen vor dem Hindernis liegen.«

Maggan lächelt geduldig. Sie tut so, als hätte sie den rügenden Unterton nicht gehört.

»Mit dieser Übung lernen die Pferde, sich zu konzentrieren und den richtigen Absprungpunkt zu finden.«

»Das mag ja für die Anfänger in der Gruppe wichtig sein«, sagt die Frau und wirft mir einen Blick zu. »Aber für uns andere ist das doch überflüssig. Ich habe mir von dem Kurs wirklich etwas anderes versprochen.«

»Das ist für alle nützlich, Berit«, sagt Maggan ruhig. »Ich verspreche es dir. Frag Peter, wenn du mir nicht glaubst. Er hat schon viele Turniere gewonnen und beschwert sich nicht.«

Peter nickt und Berit hält endlich die Klappe.

»Zeig uns bitte, wie es funktioniert, Peter«, sagt Maggan.

Lord biegt elegant den Hals und trabt mit raumgreifenden Schritten los. Das Hindernis ist so niedrig, dass er einfach drübersteigt. Als Nächstes ist das blasse Mädchen an der Reihe. Ihr weißes Pony stolpert über die Stangen und sieht das Hindernis nicht rechtzeitig. Es bleibt einfach davor stehen und die Wangen des Mädchens sind plötzlich knallrot anstatt bleich.

»Gleich noch einmal, Jeanette«, ruft Maggan. »Du musst stärker treiben, damit dein Pferd begreift, dass es springen soll.«

Jeanette gibt ihrem Pony entschlossen die Schenkel und es springt. Bei Kristin, Lotta und Jonte klappt es gleich beim ersten Versuch. Danach bin ich an der Reihe. Star stellt sofort die Ohren nach vorn, als er begreift, dass er springen soll. Bevor ich noch weiß, wie mir geschieht, hat er bereits volles Tempo aufgenommen, schaufelt über die Bodenstangen, dass es in alle Richtungen staubt, und fliegt mit einem mächtigen Satz über das Hindernis.

»Ich sagte *traben*«, kritisiert Maggan ruhig. »Nicht im Cowboygalopp losstürmen.«

Oben auf der Tribüne lacht Anna laut und schadenfroh. Ich schicke ihr einen mordlustigen Blick. Beim nächsten Versuch bin ich vorbereitet und fasse die Zügel ganz kurz. Star tänzelt vorwärts, die Nase hoch in die Luft gereckt.

Stangen und Hindernis nehmen wir in einer Mischung aus Trab und Bocksprung.

»Die Zügel etwas länger lassen, Lisa. Star muss die Möglichkeit haben, ein Stück vorauszusehen«, mahnt Maggan.

»Ganz ruhig, mein Junge«, flüstere ich.

Star schüttelt den Kopf und peilt erneut das Hindernis an. Endlich scheint er begriffen zu haben, worauf es ankommt. Er macht längere Schritte und springt schließlich an der richtigen Stelle ab.

Jetzt ist nur noch Berit übrig. Sie sieht mich missgelaunt an. Wahrscheinlich findet sie, dass meine Anfängerprobleme ihr Springtraining stören. Ihr großes hellbraunes Pferd sieht genauso missgelaunt aus. Ärgerlich legt es die Ohren zurück, als Berit ihm ihre Fersen in die Weichen drückt.

»Ich halte derartig simple Übungen immer noch für vergeudete Zeit«, meckert sie.

Berit und ihr Pferd nehmen die Stangen ohne Probleme, aber direkt vor dem Hindernis wirft sich ihr Pferd zur Seite. Das kommt so unerwartet, dass zuerst keiner begreift, was da passiert, am allerwenigsten Berit. Sie schießt weiter geradeaus über den Sprung und macht einen Bauchklatscher in die Sägespäne. Der Mann mit dem Hut schreit vor Schreck auf.

Maggan läuft hin, um nachzusehen, ob Berit verletzt ist. Aber Berit wehrt ihre helfenden Hände ab.

»Ich schaffe das schon allein, bemüh dich nicht«, keift sie und rappelt sich wieder auf.

Mit hoch erhobener Nase und starrem Blick geradeaus holt sie ihr Pferd. Aber es ist nicht leicht, würdevoll auszusehen, wenn die ganze Vorderseite voller Sägespäne ist.

Als sie wieder antrabt, fallen dauernd Späne aus ihren Kleidern.

»Hast du dir wehgetan, Liebling?«, ruft der Mann mit Hut besorgt.

Berit schüttelt abwehrend den Kopf und sieht peinlich berührt aus.

»Bist du sicher?«

»Sei endlich still, während ich reite«, faucht Berit.

Der Mann macht ein unglückliches Gesicht. Der Ärmste. Berits Mann zu sein, muss schlimmer sein als Bauchweh.

Nachdem jeder von uns die Übung mehrere Male wiederholt hat, ist Maggan mit uns zufrieden.

»Okay, jetzt wird es Zeit, richtig zu springen. Den ganzen Parcours – im Galopp!«, sagt sie und zwinkert Berit zu.

Aber Berit sieht nicht so aus, als ob ihr die Anspielung gefällt.

Den ganzen Parcours? Vor Spannung habe ich ein Ziehen im Bauch. Im Reitlager haben wir draußen im Wald einen Geländeparcours gesprungen. Aber da waren die Hürden ganz niedrig und Star dachte nicht daran zu verweigern, aus lauter Angst, das Pferd vor ihm aus den Augen zu verlieren. Einen Parcours in der Reithalle zu springen, ist etwas ganz anderes.

8

Maggan zeigt uns, in welcher Reihenfolge wir die Hindernisse überspringen sollen. Es kommt mir unmöglich vor, sich den ganzen Parcours zu merken. Meine Hände sind verschwitzt und kleben. Je länger ich die Hindernisse ansehe, desto höher erscheinen sie mir. Erst sind sie nur einen halben Meter hoch, eine Minute später schon so hoch wie ein dreistöckiges Haus. Das schaffe ich nie im Leben.

Aber es kann mich ja auch niemand zwingen. Ich muss nicht mitmachen. Maggan wird es bestimmt verstehen, wenn ich lieber nur zugucke, wie die anderen springen. Das ist ja auch kein Wunder, so wenig wie Star und ich bisher gesprungen sind, gemessen an den anderen. Ich habe mich gerade entschlossen, nicht mitzuspringen, als Berit den Mund aufmacht.

»Soll die etwa auch springen?«, fragt sie mit einer Kopfbewegung in meine Richtung.

Anna kichert vergnügt auf der Tribüne. Das hämische, schadenfrohe Gekicher macht mich rasend. Eine Zorneswelle braust durch meinen Körper und spült alle Angst weg. Das wäre das Letzte, dass Anna mich zögern sieht und sich einbildet, ich hätte keinen Mumm. Die Freude gönne ich ihr nicht.

»Na klar will ich es auch versuchen!«, rufe ich mit lauter Stimme.

Maggan sieht mich an und lächelt.

»Genau die richtige Einstellung, Lisa. Wer nicht wagt, der nicht gewinnt. Du kannst anfangen, wenn du dich bereit fühlst. Treibe Star immer gerade auf das Hindernis zu. Aber versuche, ihm nicht im Maul zu reißen.«

Die Angst liegt wie ein steinharter Klumpen in meinem Magen, aber ich tue so, als wäre sie nicht da. Denn obwohl ich nicht in Annas Richtung sehe, kann ich spüren, wie sehr sie sich wünscht, dass ich es nicht schaffe. Genau aus dem Grund will ich das Gegenteil beweisen.

Ich lasse Star eine ganze Runde traben, bevor ich angaloppiere. Er ist fröhlich und voller Energie. Als ich ihn auf das erste Hindernis zu lenke, wird er von ganz allein schneller. Jetzt darf alles passieren, außer dass Star verweigert oder zur Seite ausbricht.

Ich bin so darauf gefasst zu kämpfen, dass es fast eine Enttäuschung ist, als Star einfach hinüberfliegt, mühelos wie eine Katze. Jetzt kommt eine leichte Rechtskurve und dann das zweite Hindernis, gelb angemalte Tonnen mit einer Stange dazwischen. Über ein solches Hindernis sind wir auch im Reitlager gesprungen und anscheinend erinnert Star sich noch daran. Er springt ein bisschen zu dicht vor dem Hindernis ab, trickst sich aber irgendwie hinüber.

Jetzt kennt Star kein Halten mehr. Ich fühle, wie er unter mir vor Kraft fast überschäumt. Der Angstklumpen in meinem Magen ist verschwunden.

»Nicht so schnell. Lasst euch Zeit«, mahnt Maggan.

Aber Star will sich ganz und gar keine Zeit lassen. Er schüttelt irritiert den Kopf, als ich die Zügel kürzer fasse. Wir rutschen ein bisschen in der Kurve an der kurzen Seite der Halle, aber das kümmert Star nicht. Er wird noch schneller und wirft sich wie ein Tiger über die beiden letzten Hindernisse. Wir haben's geschafft, Star und ich! Als ich hochschaue, sehe ich, wie Anna durch die Tür davonschleicht. Pech für sie, dass Star weder verweigert noch eine Stange gerissen hat.

»Was den Stil und die Konzentration angeht, habe ich noch einiges auszusetzen. Aber wie springfreudig er ist, dein kleiner Draufgänger! Er platzt ja beinahe vor Eifer. Hüte diese Springfreudigkeit gut, Lisa. Damit kann er es weit bringen. Es sollte mich nicht wundern, wenn er in ein paar Jahren ein richtiger Champion auf den Springturnieren wäre.«

Maggans Worte sind wie Honig und ich schlecke ihn begierig in mich hinein. Star tänzelt und will bewundert werden. Er findet natürlich, dass er wahnsinnig tüchtig war.

Alle anderen in der Gruppe dürfen über höhere Hindernisse springen. Normalerweise finde ich es unheimlich spannend, anderen beim Springen zuzusehen, aber im Moment bin ich überwältigt von Stars und meinem Erfolg. Wir haben einen ganzen Parcours ohne einen einzigen Fehler geschafft! Es ist unfassbar. Als ich Star Anfang des Jahres bekam, war er ein mürrisches, struppiges kleines Klappergestell, das niemand haben wollte. Jetzt ist er rund und gesund mit schimmerndem Fell und kann sogar springen.

Jontes Augen sind unter dem Schirm seiner Reitkappe kaum zu erkennen. Ich halte ihm die Daumen, dass es bei ihm ebenso gut klappt wie bei mir. Als er Plutten im Reitlager ritt, sah Jonte immer mutlos und resigniert aus. Es war, als hätte er von Anfang an aufgegeben. Plutten war unheimlich träge und total hoffnungslos. Auf Daisys Rücken ist Jonte wie ausgewechselt, energisch und zielgerichtet. Erst jetzt sehe ich, dass er wirklich richtig gut reitet, auch wenn eine feine Hilfengebung und ein gerader Rücken nicht gerade etwas sind, worauf er größere Mühe verwendet.

Daisy ist kaum zu bremsen. An der Startlinie scharrt sie vor Eifer mit den Vorderhufen im Sägemehl. Kaum hat Jonte die Zügel etwas nachgegeben, fegt sie wie ein Wirbelwind los. Manchmal springen sie etwas zu früh ab und manchmal etwas zu spät, aber darum kümmern sie sich alle beide nicht.

Hinterher strahlt Jonte übers ganze Gesicht. Maggan ist nicht ganz so begeistert.

»Solange die Hindernisse so niedrig sind, mag es angehen, derartig über den Parcours zu stürmen. Aber wenn du höher springen willst, musst du dafür sorgen, dass sie am richtigen Punkt abspringt. In Zukunft ein ruhigeres Tempo und präzisere Wege, Jonte.«

»Klar«, antwortet Jonte unbekümmert.

Als Nächste ist Kristin an der Reihe, die mit Olle eine gute Leistung ablegt. Es sieht sehr gesittet und ordentlich aus. So ist Olle immer, ruhig und gelassen und ein kleines bisschen langweilig. Er hetzt sich nicht unnötig ab. Das macht Berits hellbraunes Pferd auch nicht. Sie sind sich ziemlich ähnlich, Berit und ihr Pferd. Dasselbe lange Gesicht, dieselbe mürrisch herabhängende Unterlippe.

Berits Springstil ist steif und ihr Pferd muss sich ziemlich anstrengen. Es sieht so mühsam aus, als würde er durch tiefen Matsch galoppieren, und bei jedem Hindernis erwarte ich, dass er gleich verweigert. Aber das tut er nicht. Nach beendetem Parcours sieht Berit sich um, gerade so, als erwarte sie donnernden Beifall. Aber der Einzige, der applaudiert, ist ihr Mann, der sie von der Tribüne aus voller Stolz beobachtet.

Jeanette sieht aus wie eine Porzellanpuppe auf ihrem weißen Pony, so als würde sie beim kleinsten Stoß kaputtgehen. Aber sie legt einen erstaunlich kraftvollen Ritt hin und lacht anschließend glücklich. Danach sind Sigge und Lotta dran. Sigge kann gut springen und die Hindernisse der Reitschule kennt er in- und auswendig. Er ist süß wie ein Märchenpferd, wie er schnaubend vor Eifer vorwärts stürmt. Der Schweif weht wie eine schwarze Fahne hinter ihm her. Früher war ich immer traurig, wenn ich Lotta auf seinem Rücken sah. Aber jetzt, wo wir keine Feindinnen mehr sind, bin ich nicht mehr ganz so wehmütig.

Ganz zum Schluss springt Peter. Plötzlich ist die Tribüne voller Mädchen, die erwartungsvoll kichern und mit den Augenlidern klappern, in der Hoffnung, dass Peter gerade sie anschaut. Peter hat nichts dagegen, im Mittelpunkt zu stehen, ganz im Gegenteil. Er knipst sein weißes Reklamelächeln an und hebt einen Arm zum Gruß. Um noch mehr Eindruck zu schinden, schließt er die Schenkel so fest, dass sein Pferd ein paar Luftsprünge macht. Der Fanclub auf der Tribüne seufzt entzückt.

Ich habe immer noch nicht herausgekriegt, warum Peter mit uns zusammen trainiert. Jonte sagt, dass er mit Lord üben will, in der Halle zu springen. Vielleicht stimmt das. Aber ich habe den Verdacht, dass Peter nur in der Reithalle trainiert, weil es hier so viele Mädchen gibt.

Bevor Peter springt, erhöht Maggan die Hindernisse noch ein bisschen. Als ich sehe, wie sie sich auftürmen, wird mir ganz flau im Magen, obwohl ich ja nur daneben stehe und zusehe. Es ist mir unbegreiflich, wie jemand freiwillig so hoch springen kann.

»Bist du bereit?«, fragt Maggan.

»Natürlich«, antwortet Peter seelenruhig.

Das Gemurmel auf der Tribüne verwandelt sich in andächtige Stille, als Peter anreitet. Lord ist wirklich ein schönes Pferd. Kräftig, aber doch schlank und so sorgfältig gestriegelt, dass sein muskulöser Körper glänzt. Die Mähne ist eingeflochten, wie bei einem Turnier. Wahrscheinlich haben einige von Peters Bewunderinnen geflochten und gestriegelt. Im Reitlager habe ich nie gesehen, dass er auch nur eine Bürste in die Hand genommen hätte. Immer waren gleich eifrige Helferinnen zur Stelle, die ihm die Arbeit abnahmen.

Jonte reitet zu mir auf. Zusammen sehen wir zu, wie Lord das erste Hindernis ansteuert. Obwohl es so hoch ist, springt er mit gutem Abstand hinüber. Peter ist genauso einfühlsam, wie es die Reiter bei den Springturnieren im Fernsehen immer sind.

»Er springt gut«, sagt Jonte.

»Oh ja, das tut er«, antworte ich, ohne den Blick von Peter zu wenden.

»Besser als ich«, fügt Jonte hinzu.

Peter lenkt Lord auf den Doppeloxer zu. Es liegen nur zwei Galoppsprünge zwischen den Hindernissen und ich begreife nicht, wie Lord auf den wenigen Metern landen und wieder abspringen kann.

»Findest du, dass er gut aussieht?«, fragt Jonte.

»Er ist wunderbar«, sage ich. »Und so mutig.«

Erst als Peter den Parcours beendet hat, wende ich den

Blick wieder in Jontes Richtung. Er starrt ausdruckslos vor sich hin.

»Wollen wir morgen zusammen ausreiten?«, frage ich.

»Weiß nicht«, murmelt Jonte. »Ich glaub nicht, dass ich Lust habe.«

Verwundert sehe ich ihn an. Anscheinend ist er sauer und das sieht Jonte gar nicht ähnlich. Ich komme mir total blöd vor. Da nehme ich zum ersten Mal meinen Mut zusammen und frage, ob wir uns treffen können – und er sagt nein!

Vielleicht hat er mich schon satt, ohne dass ich es mitgekriegt habe? Wie peinlich! Meine Wangen werden ganz heiß und ich wende mich ab, damit Jonte es nicht sieht.

»Das habt ihr alle ganz toll gemacht«, stellt Maggan zufrieden fest. »Da kann ich euch ja gleich erzählen, dass wir in einem Monat hier im Verein ein Springturnier veranstalten werden. Die Meldelisten hängen schon am schwarzen Brett im Stall aus und ich finde, ihr solltet alle mitmachen. Das wird eine gute Übung für euch sein.«

»Das gilt doch sicher nicht für mich?«, frage ich.

»Warum nicht?«, entgegnet Maggan. »Natürlich sind viele Prüfungen noch zu schwierig für euch, aber es wird auch ein Anfängerspringen mit klitzekleinen Hindernissen geben. Wenn du mit Star weiterhin so gut springst wie heute, sehe ich keinen Grund, warum ihr es nicht versuchen solltet.«

Ich sperre den Mund auf. Sie muss verrückt sein. Mir fallen sofort mindestens tausend Gründe ein, warum ich die Finger davon lassen sollte. Dass wir so gut wie keine Ahnung vom Springen haben, ist nur einer davon.

»Machst du da mit?«, frage ich Jonte.

»Ich denke schon«, antwortet er kurz, ohne mich anzusehen.

Das ist ganz ungewöhnlich für ihn. Ich glaube, ich habe ihn noch nie so sauer gesehen, und seine bockige Art irritiert mich.

»Was ist los mit dir?«, frage ich.

»Nichts«, antwortet Jonte muffig. »Kümmer dich nicht um Sachen, die dich nichts angehen.«

Sein Ton lässt mich nach Luft schnappen. Er hat keinen Grund, so bissig zu sein. Am liebsten würde ich ihn einfach stehen lassen. Einfach wegreiten und kein Wort mehr mit ihm reden. Nicht hier, nicht in der Schule. Kein Sterbenswörtchen, bevor er mich nicht anbettelt, wieder mit ihm zu sprechen. Das wäre eine gerechte Strafe.

Aber ich bin viel zu wütend, um den Mund zu halten. Ich versuche mich zu zwingen, einfach wegzureiten, aber es geht nicht. Stattdessen reite ich dicht an Daisy heran und zwinge Jonte, mich anzusehen.

»Was ist denn schon wieder?«, fragt er brummig.

Das macht mich noch wütender.

»Wenn *du* fragst, ob wir zusammen ausreiten wollen, ist alles in Ordnung. Aber wenn *ich* frage, bist du sauer. Findest du das etwa gerecht?«, fauche ich. »Aber mach dir nichts draus, du. Ich will sowieso nicht mehr mit dir ausreiten. Am liebsten würde ich dich nie wieder sehen, du Blödmann!«

Jonte wirft den Kopf zurück und seine Augen brennen sich in meine.

»Schon möglich, dass ich blöd bin. Aber mir steht es bis hier oben, dass alle Mädchen von Peter schwärmen und keine was für mich übrig hat. Ich dachte, du wärst anders, aber du bist kein Stück besser als alle anderen.«

Ich starre ihn an und verstehe überhaupt nichts mehr. Wovon redet er?

»Bist du verrückt? Wann habe ich jemals von Peter geschwärmt?«

»Du hast gesagt, dass er gut aussieht und wunderbar ist und mutig«, sagt Jonte und lässt den Kopf hängen. »Rate mal, was für ein tolles Gefühl es ist, sich das anhören zu müssen.«

Plötzlich begreife ich, was Sache ist, und pruste los vor Lachen.

»Wirklich sehr lustig«, sagt Jonte mürrisch.

Er tut mir Leid, aber trotzdem kann ich nicht aufhören zu lachen. Es steigt mir von den Zehenspitzen hoch und lässt sich nicht aufhalten. Jonte starrt mich mit finsterem Blick an. Erst als er Daisy wendet und davonreitet, kann ich das Lachen unterdrücken.

»Warte!«, rufe ich ihm hinterher. »Das hast du ganz falsch verstanden. Ich habe doch nicht Peter gemeint – sondern Lord!«

Einen Moment lang sieht Jonte mich verwirrt an. Dann muss er auch laut lachen.

9

Zu Hause herrscht Chaos. Werkzeug liegt überall herum und der Fußboden ist voller Sägespäne und krummer Nägel. Aber es ist eine angenehme, eine erwartungsvolle Unordnung. Wir finden es alle vier spannend, dass wir bald richtig zusammenwohnen werden. Obwohl ich glaube, dass Lasse sich am meisten darauf freut. Glücklich pfeift und singt er fast die ganze Zeit vor sich hin, während er in seinem beuteligen Heimwerker-Overall herumstapft.

Überall taucht er auf und hämmert und sägt, dass es durch das ganze Haus hallt. Mama ist meistens an seiner Seite und gibt ihm gute Ratschläge, die er nicht braucht. Sie nennt das »mithelfen«, aber ich glaube, die Arbeit würde ohne sie sehr viel schneller vorangehen.

Lasse kann gut tischlern, Mama nicht. Einmal hat sie ein Bücherregal gebaut und unverschämt damit geprahlt, wie gut sie es hingekriegt hat. Als wir dann die Bücher ins Regal gestellt hatten, begann es sich bedrohlich seitwärts zu neigen. Noch bevor wir hinlaufen konnten, kippte es plötzlich um und krachte beinahe auf den Fernseher. Erst da entdeckte Mama, dass die komischen Metallstangen, von denen sie dachte, jemand im Laden hätte sie aus Versehen mit eingepackt, ein Stützkreuz waren und sie sie auf der Rückseite des Regals hätte anschrauben müssen.

Wenn ich Lasse wäre, würde ich mich wahnsinnig über ihre neunmalklugen Ratschläge aufregen, aber er lacht bloß. Bei jeder kleinsten Gelegenheit schlingt er die Arme um Mama und küsst sie.

»Meine hübsche, wunderbare Frau«, sagt er.

»Noch bin ich nicht deine Frau«, sagt Mama und versucht seine Hände von ihrem Körper wegzuschieben.

Jedes Mal, wenn sie das sagt, werde ich ganz unruhig. Es würde mich nicht wundern, wenn sie es sich wieder anders überlegt, und wer weiß, was dann passiert? Vielleicht wird Lasse dann so sauer, dass wir ausziehen müssen. Und ich will in Hallondalen bleiben. Ich habe mich noch nirgends so wohl gefühlt wie hier.

Voller Abscheu erinnere ich mich an Leif, den schmierigen, schiefzahnigen Flugkapitän, der Mama im Reitlager den Hof gemacht hat. Ihn konnte ich schließlich vertreiben, aber er hat mir einen ordentlichen Schrecken eingejagt. Am besten heiraten Mama und Lasse so schnell wie möglich, bevor wieder irgendein neuer widerlicher Typ auftaucht und sich einzuschleimen versucht.

Während Lasse tischlert und Mama ihm dabei zusieht und glaubt, sich nützlich zu machen, sind Kristin und ich meistens im Stall.

»Drinnen ist es ja nicht auszuhalten. Dieses andauernde Geknutsche«, sagt Kristin. »Ich begreife nicht, dass es ihnen nie zu viel wird. Auf die Dauer ist das doch ätzend langweilig.«

»Mhm …«, entgegne ich vage und denke an die Knutscherei mit Jonte im Reitlager.

Die ist mir auch nie langweilig geworden.

Ansonsten redet Kristin über fast nichts anderes als das Turnier in der Reitschule. Sie hat sich schon für zwei Prüfungen eingetragen und liegt mir jeden Tag in den Ohren, dass ich auch teilnehmen soll.

»Ich will nicht«, sage ich.

Darüber lacht Kristin bloß.

»Natürlich willst du. Die Sache ist nur, dass du zu feige bist.«

Darauf antworte ich nicht.

»Es macht viel mehr Spaß, wenn du auch teilnimmst«, fährt Kristin fort. »Wenn du dich nicht anmeldest, dann tu ich es für dich, das weißt du.«

Das ist keine leere Drohung. Im Frühjahr hatte sie Star und mich für ein Galopprennen angemeldet, obwohl ich nicht wollte.

»Na, und das Galopprennen im Frühjahr lief doch prima, oder?«

»Das war was ganz anderes«, sage ich. »Dass Star rennen kann, das wusste ich. Aber springen kann er noch nicht. Und ich auch nicht.«

»Jetzt zier dich nicht so, Lisa. Weißt du noch, was Maggan gesagt hat? Wer nicht wagt, der nicht gewinnt. Star springt doch wunderbar und du bist auch nicht schlecht. Wir brauchen nur ein bisschen zu üben.«

So geht es den ganzen Tag lang. Es kommt mir schon zu den Ohren raus und ich wünschte, sie würde mich in Ruhe lassen. »Ich will nicht und ich traue mich nicht und überhaupt geht dich das gar nichts an«, würde ich am liebsten schreien. Aber ich tue es nicht. Kristin würde es doch nicht verstehen. Für sie sind Turniere der Grund dafür, sich ein eigenes Pferd zu halten. Sie hat Olle gerade deswegen gekauft, weil er so gut springen kann.

Bei mir ist das anders. Star ist mein bester Freund. Weil es ihn gibt, stehe ich morgens überhaupt auf. Er ist weich und warm und voller Trost. Wenn ich Kummer habe, kann ich immer zu ihm gehen. Für mich ist es viel wichtiger, dass er mich mit einem freudigen Wiehern begrüßt, als dass er Turniere gewinnt.

Kristin hält mich für feige und vielleicht bin ich das auch. Denn natürlich würde ich es schrecklich finden, wenn Star mich abwirft oder beim ersten Hindernis verweigert. Ich mag auch den Gedanken nicht, dass mich eine Menge Leute anstarren und darauf warten, dass ich mich blamiere.

Aber richtig Angst habe ich nicht. Star hat mich gelehrt, dass ich viel mehr kann, als ich mir zutraue. Die Sache ist nur, dass ich selber entscheiden will. Wenn *ich* an einem Springturnier mit Star teilnehmen will, werde ich es tun. Und nicht, bloß weil Kristin oder sonst jemand sagt, dass ich es tun soll.

Jonte will auch, dass ich mitmache, aber er nervt nicht so wie Kristin.

»Schade«, sagt er nur und damit hat sich die Sache.

Anna hat sich eine neue Freundin gesucht. Sie heißt Bittan und hat das schrillste Lachen, das ich je gehört habe. Bittan gehört zu den coolen Mädchen, die jede Pause hinter der Turnhalle stehen und heimlich rauchen. Sie ist klein und zierlich und hat lange blonde Haare bis fast zum Po. Ich finde, sie sieht richtig blöd aus. Aber anscheinend habe ich den falschen Geschmack, denn alle anderen finden, dass sie absolut das hübscheste Mädchen in der ganzen Klasse ist. Wie Anna es geschafft hat, ihre Freundin zu werden, ist mir ein Rätsel. Sie findet sonst nicht so leicht Kontakt und war ziemlich einsam, als ich letzten Herbst in ihre Klasse kam.

Jedenfalls sitzen sie und Bittan jetzt jede Stunde hinter Jonte und mir und nebeln uns mit ihrem ekligen Rauchgestank ein. Anna hat nämlich auch angefangen, heimlich zu rauchen. Ich bin sicher, dass sie Zahnpasta und Zahnbürste in ihrer Schultasche hat, damit ihr Vater nicht merkt, dass sie nach Rauch stinkt, wenn sie nach Hause kommt. Der fiese Fritz würde ausrasten vor Wut, wenn er Anna beim Rauchen erwischen würde. Einmal hat er Anna und mich angeschrien, bloß weil wir uns ein ganz kleines bisschen geschminkt hatten.

Ich finde, Anna könnte mir verzeihen, dass ich Jonte und Star habe, wo sie selbst jetzt Bittan hat. Aber sie denkt anscheinend gar nicht daran, denn sie tut, was sie kann, um mir zu zeigen, wie blöd sie mich findet.

In der Schlange vor der Essenausgabe schubst sie mich an, so dass mir das Tablett aus der Hand rutscht. Sie tut so, als wäre es aus Versehen passiert, aber ich bin sicher, dass sie es mit Absicht getan hat. Es gibt ein enormes Gescheppер und die Suppe spritzt in alle Richtungen. Mein neuer Pullover ist voller Fleischbrühe und Bittans widerliches Gelächter tutet wie eine Alarmsirene.

»Oh Verzeihung«, sagt Anna und grinst.

In der nächsten Unterrichtsstunde stellen wir unsere Gruppenarbeiten vor. Jonte und ich sollen ein Referat über Raubvögel halten. Ich finde es immer ein bisschen unangenehm, vorne zu stehen und vor der ganzen Klasse zu reden. So viele Augen starren mich an und ich habe Angst, dass ich vergesse, was ich sagen will. Dabei habe ich gestern meinen Vortrag geübt und Mama meinte, er sei gut. Das dürfte also eigentlich kein Problem sein.

Aber ich stehe kaum vorne am Lehrerpult, da fangen Bittan und Anna schon an zu gackern. Ich raschle mit meinen Blättern und versuche so zu tun, als ob ich sie nicht höre.

»Raubvögel haben ...«, beginne ich zögernd.

Was ich sage, ist überhaupt nicht lustig. Trotzdem brechen Anna und Bittan in Gelächter aus. Als Bengtsson sie streng ansieht, gackern sie nur noch lauter.

»Raubvögel haben in der Regel ...«, versuche ich es wieder.

Da beginnt auch der Rest der Klasse zu kichern. Ich merke, wie die Hitze in mir hochsteigt und ich bis über beide Ohren rot werde. Die Worte verschwimmen auf dem Papier und plötzlich weiß ich gar nichts mehr über Hühnerhabichte und Seeadler.

»Jetzt seid mal still und lasst Lisa erzählen«, rügt Bengtsson.

Das macht alles noch schlimmer. Die Klasse brüllt vor Lachen und mir schnürt sich der Hals zu.

Tränen steigen mir in die Augen.

»Kümmere dich nicht um sie«, flüstert Jonte neben mir.

Als ich trotzdem kein Wort herausbringe, tritt er ein paar Schritte vor.

»Jetzt reißt euch zusammen, ihr Idioten!«, schreit er.

Keiner hört zu, aber das kümmert ihn nicht. Mit lauter Stimme berichtet er über die ungesetzliche Jagd auf vom Aussterben bedrohte Raubvögel. Er macht es gut, richtig gut. Es ist wie Theater, unterhaltsam, spannend und lebendig. Seine Stimme steigt und sinkt und packt zu. Jonte scheint sich auf der Bühne wohl zu fühlen. Schon nach wenigen Minuten hören alle zu und als er fertig ist, trage ich meinen Teil der Arbeit in einem Rutsch vor.

»Sehr gut«, lobt Bengtsson.

Ich schwanke zurück zu meinem Platz und tue so, als würde ich Annas hämisches Gesicht nicht sehen. Während die nächste Gruppe vorträgt, schiele ich heimlich zu Jonte hinüber und kriege feuchte Augen. Als alle anderen gelacht haben, ist er gekommen und hat mich gerettet. Das werde ich ihm nie vergessen.

So geht es tagaus, tagein. Anna und Bittan geben sich alle Mühe, den Rest der Klasse gegen mich aufzuhetzen. Die Schule wird zur Qual und nur dank Jonte bringe ich es über mich, jeden Morgen hinzufahren. Er verteidigt mich. Das Komische daran ist, dass niemand ihn deswegen aufzieht. Im Gegenteil. Ich merke, dass immer mehr Mädchen in der Klasse ein eigenartiges Glitzern in den Augen haben, wenn sie ihn ansehen.

Einmal in der Mittagspause, als ich noch in der Klasse bin, höre ich plötzlich, wie sich zwei vor der Tür über mich unterhalten. Ich schleiche mich näher heran, um es besser zu verstehen.

»Bist du eigentlich mit Lisa zusammen?«, fragt eine Mädchenstimme.

»Nicht direkt.«

Das ist Jonte. Seine Stimme erkenne ich überall wieder.

»Gut! Willst du dann vielleicht mit mir gehen?«

Hört sich an wie Bittan, aber sie interessiert sich doch gar nicht für Jonte? Mir wird eiskalt. Ich finde zwar, dass Bittan bescheuert aussieht mit ihren großen Puppenaugen, aber Jonte findet sie bestimmt süß. Alle Jungs in der Klasse würden gern mit Bittan gehen, also wieso nicht auch Jonte? Bei der Vorstellung, dass die zwei ein Paar werden könnten, wird mir ganz schlecht. »Nein, nein, nein!«, würde ich am liebsten schreien. Aber welches Recht habe ich, zu bestimmen, mit wem Jonte geht? Gar keins. Wir küssen uns zwar ab und zu mal, aber zusammen sind wir nicht.

»Na, was sagst du? Willst du mit mir gehen?«, drängelt die Stimme auf der anderen Seite der Tür.

Sie klingt weich und widerlich einschmeichelnd. Das *ist* Bittans Stimme. Kein Zweifel. Ich halte die Luft an.

»Nein, will ich nicht«, antwortet Jonte.

Die Erleichterung ist so groß, dass ich fast in Tränen ausbreche. Da ist plötzlich eine andere Stimme zu hören. Ich spitze meine Ohren, so sehr ich kann. Das ist Anna.

»Wieso nicht, etwa wegen Lisa? Die ist doch echt bescheuert, die hat ja nur ihren blöden Gaul im Kopf. Hast du das noch nicht gemerkt? Für ein neues Halfter würde sie dich glatt stehen lassen, wenn sie die Wahl hätte.«

»Ein neues Halfter kann man immer gut gebrauchen«, lacht Jonte unbekümmert.

Ich traue meinen Ohren kaum. Anna versucht Jonte zu überreden, mit Bittan zu gehen. Sie muss sich wirklich vorgenommen haben, sich auf jede erdenkliche Weise zu rächen.

»Was willst du mit der feigen Tussi?«, ätzt Anna.

»Lisa ist überhaupt nicht feige«, entgegnet Jonte hitzig.

»Ist sie doch«, beharrt Anna. »Sie traut sich nicht, bei dem Springturnier mitzumachen.«

»Natürlich traut sie sich. Sie hat bloß keine Lust. Außerdem, was geht dich das überhaupt an?«

Es klingelt zur Stunde und ich laufe schnell zurück auf meinen Platz. Ich will nicht mit dem Ohr an der Tür erwischt werden. Da sitze ich dann auf meinem Stuhl und schaue Anna und Bittan mit unschuldigen Augen an, als sie in die Klasse kommen. Aber in mir brodelt und kocht es vor Wut.

Anna war meine Freundin und ich habe ihr schon mehrere Sachen verziehen. Die Lügen, die sie verbreitete, als ich Star bekam, oder dass sie mich zwingen wollte, ihren Vater zu belügen, damit sie in die Disco gehen konnte, oder wie sie Olle so rücksichtslos ritt, dass er sich verletzte. Aber jetzt reicht es mir. Dass sie eifersüchtig auf mich ist, kann nicht alles entschuldigen. Ab jetzt ist Anna meine Feindin, ich werde nie wieder zulassen, dass sie auf mir herumtrampelt. Als Erstes melde ich mich für das Springturnier an. Eine feige Tussi soll sie mich nicht noch mal nennen.

10

Mit zitternder Hand trage ich Stars und meinen Namen in der Meldeliste für die allerleichteste Springklasse ein. Da steht es nun also, klar und deutlich unter allen anderen Namen: Lisa Andersson und Star. Ich hoffe, dass Anna sich vor Wut in den Hintern beißt, wenn sie es sieht.

»Gut so, Lisa«, sagt Kristin zufrieden. »Ich wusste, dass ich es doch noch schaffen würde, dich zu überreden.«

Ich mache mir nicht die Mühe, ihr zu erklären, wie die Dinge wirklich liegen. Wenn Kristin zufrieden ist und Anna sich ärgert, ist alles so, wie es sein soll.

Nachdem ich mich nun mal entschieden habe, gehe ich die Sache auch entschlossen an. Star und ich müssen bis zum Turnier so viel wie möglich lernen. Falls wir scheitern, will ich wenigstens sagen können, dass ich alles mir Mögliche getan habe.

Noch nie habe ich mir so viel Mühe gegeben wie bei den nächsten Springstunden. Der Schweiß dampft unter meiner Reitkappe hervor und ich sauge Maggans Worte in mich auf wie ein Schwamm. Wenn ich das Gefühl habe, dass ich nicht mehr kann, beiße ich die Zähne zusammen und versuche weiterzumachen. Was Maggan uns beibringt, üben Star und ich die ganze Woche lang bis zur nächsten Springstunde. Zu springen wage ich allerdings nur zweimal die Woche. Maggan warnt uns immer wieder davor, zu oft zu springen.

»Die Springfreude ist das Wichtigste von allem, vergesst das nicht«, predigt sie. »Ein Pferd, das Springen langweilig findet, wird niemals gut sein. Die Pferde müssen es kaum erwarten können zu springen, und wenn ihr mit ihnen trainiert, müsst ihr aufhören, wenn es gerade am besten klappt.«

Aber es gibt eine Menge anderes, was geübt werden muss. Zum Beispiel, Kilometer für Kilometer im Leichten Sitz zu galoppieren, bis die Schenkel vor Anstrengung schmerzen, oder Sandwälle hoch- und runterzuklettern und das Gleichgewicht zu halten, ohne sich in der Mähne festzukrallen. Auf der Wiese neben dem Stall bauen Kristin und ich einen Parcours aus Hindernisständern ohne Stangen auf. Da üben wir, enge Kehren zu reiten und trotzdem das Hindernis gerade anzusteuern.

Mein Ziel ist nicht, das Springen zu gewinnen, und auch nicht, einen fehlerfreien Ritt hinzulegen. Das Einzige, was ich will, ist, dass Star und ich den Parcours schaffen, ohne uns zu blamieren. Mehr kann ich nicht verlangen, weder von Star noch von mir selbst. Im Vergleich zu den anderen sind wir immer noch kleine Anfänger.

Aber manchmal lasse ich meinen allerkühnsten Fantasien freien Lauf. Star und ich fliegen dann über turmhohe Hindernisse und auf der Tribüne steht Anna und knirscht vor Wut mit den Zähnen. Ich stelle mir Annas Gesicht vor, wenn ich die Ehrenrunde galoppiere, den Siegerpokal im Arm. Sie noch neidischer zu machen, ist die beste Art, die mir einfällt, um es ihr heimzuzahlen.

Eines Tages sitze ich im Klassenzimmer und träume gerade diesen Lieblingstraum. Es ist die letzte Unterrichtsstunde für heute. Die Sonne knallt durch die großen Fenster, es ist stickig und heiß. Völlig unmöglich, sich auf die

Französische Revolution zu konzentrieren. Hinter mir sitzen Anna und Bittan und kauen Kaugummi. Sie schmatzen so laut, dass es sich anhört, als stapften sie durch einen Sumpf.

Plötzlich ist zu hören, wie auf der Schotterstraße draußen ein Auto angerast kommt. Ein alter, rostiger blauer Ford stoppt schleudernd und mit quietschenden Bremsen an der Bushaltestelle und im nächsten Moment wirft sich der Fahrer auf die Hupe. Gellendes Blöken schallt über den Schulhof. Die ganze Klasse starrt erschrocken aus dem Fenster. Ich wünschte, der Fußboden würde sich unter mir auftun und mich verschlucken. Die Klapperkiste da draußen kenne ich nur zu gut.

»Du liebe Güte, was ist denn das für ein Spinner?«, wundert sich Bengtsson.

»Das ist Lisas Mutter«, sagt Anna mit lauter Stimme.

Ich hoffe inständig, dass ihr der widerliche Kaugummi im Hals stecken bleibt, aber sie schiebt ihn nur zufrieden in die andere Backe und schmatzt weiter darauf herum.

»Dann ist es wohl besser, du gehst jetzt, Lisa«, sagt Bengtsson. »Deine Mutter scheint es ein klein wenig eilig zu haben.«

Errötend stopfe ich meine Sachen in die Schultasche und mache, dass ich rauskomme. Kristin kommt auch schon über den Schulhof angerannt.

»Weißt du, was passiert ist, Lisa?«, ruft sie mir zu.

»Keine Ahnung«, rufe ich zurück.

Erst da bekomme ich es mit der Angst zu tun. Mein Herz flattert vor Schreck. Mama benimmt sich zwar öfter mal etwas merkwürdig, aber ohne Grund Rallye auf dem Schulhof fahren, ist sonst nicht ihre Art. Es muss ein Unglück passiert sein. Ein schreckliches Unglück.

Furchtbare Gedanken rasen durch meinen Kopf, während Kristin und ich zum Auto laufen. Vielleicht ist Star aus der Koppel ausgebrochen und von einem Auto angefahren worden. Vielleicht ist Lasse von der Leiter gefallen und besinnungslos. Vielleicht ist Hallondalen abgebrannt. Oder es ist was Schlimmes mit Papa. Er fährt immer viel zu schnell. Was, wenn er gegen einen Baum gefahren ist und nicht mehr lebt? Ich sehe Kristin an, dass sie auch Angst hat. Zusammen rennen wir die letzten Meter und reißen die Autotür auf.

»Was ist passiert?«, brüllen Kristin und ich gleichzeitig.

Da sitzen Mama und Lasse und lachen aus vollem Hals. Auf den Köpfen haben sie alberne Silvesterhüte mit Gummiband unter dem Kinn. Mamas ist golden mit lila Federn und Lasse hat einen silbernen mit einem blöden Spruch drauf. Die beiden sehen absolut bescheuert aus.

»Steigt ein, Kinder«, johlt Mama. »Jetzt wird gefeiert!«

»Ist denn kein Unglück passiert?«, frage ich einfältig.

»Nicht, dass ich wüsste«, sagt Mama.

»Seid ihr jetzt völlig durchgeknallt?«, schreit Kristin. »Ich hatte eine Todesangst!«

»Nita hat keine Schuld, ich war es, der gehupt hat. War vielleicht ein bisschen übertrieben«, sagt Lasse.

»Bisschen übertrieben!«, schimpft Kristin. »Ihr habt sie ja nicht mehr alle. Ist euch eigentlich klar, dass ihr Lisa und mich zum Gespött der ganzen Schule macht?«

»Das geht vorbei«, sagt Mama unbekümmert.

»Jetzt fahr endlich los, bevor euch jemand sieht. Das würde alles noch schlimmer machen«, faucht Kristin. »Und nehmt diese albernen Hüte ab.«

Erst als die Schule hinter uns verschwunden und die Angst verraucht ist, werde ich neugierig.

»Was feiern wir denn?«, frage ich.

»Das wirst du gleich sehen«, sagt Mama und dreht das Autoradio voll auf.

Die Musik dröhnt und Lasse holt eine Spielzeugtrompete hervor, auf der er trötet. Es hört sich grausam an. Kristin und ich sehen uns verwirrt an. Was hat das alles zu bedeuten?

Unsere lautstarke Fahrt geht durch die Ortschaft und weiter Richtung Heimat. Alle Bäume in der Allee bis hinauf zum Haus sind mit Luftballons geschmückt, die lustig im Wind tanzen. An der Treppe sind zwei Birkenstämme befestigt, deren Zweige voller roter Weihnachtskugeln hängen.

»Was habt ihr euch denn jetzt wieder einfallen lassen?«, fragt Kristin, die ebenfalls neugierig geworden ist.

Lasse räuspert sich und rückt seinen albernen Hut gerade, der während der Fahrt verrutscht ist.

»Heute ist ein großer Tag«, sagt er feierlich. »Meine Arbeit ist vollendet. Ab sofort sind wir eine einzige Familie anstatt zwei. Um das zu feiern, möchten meine neue Mitbewohnerin und ich unsere beiden Töchter zu einem richtig tollen Festessen einladen. Aber zuerst sehen wir uns alle zusammen das Haus an.«

Die beiden kleinen Flure sind zu einer großen Diele zusammengelegt. Unsere alte Küche ist völlig leer. Es hallt merkwürdig darin.

»Das hier wird mein Arbeitszimmer«, erklärt Lasse.

Beide Wohnzimmer sind in einen einzigen riesigen Raum verwandelt worden, mit Esstisch am einen Ende und zwei Sofas am anderen.

»Wir konnten uns nicht entscheiden, welches Sofa das hübschere ist, deshalb haben wir beide hingestellt«, sagt Mama. »Aber sobald Lasse sich umdreht, schmeiße ich seins raus.«

»Moment mal, das ist auch mein Sofa«, protestiert Kristin. »Und mir gefällt es.«

Mama lacht ein wenig verlegen.

»War doch nur ein Scherz. Natürlich bleibt das Sofa stehen.«

In den ersten Stock führen jetzt zwei Treppen, das sieht schon ein bisschen merkwürdig aus. Mein Zimmer ist da, wo es immer war, und nichts darin ist verändert. Auch Kristins Zimmer ist genau wie vorher. Aber Mama ist in Lasses Schlafzimmer eingezogen. Ich bin mal gespannt, wie lange Lasse es dort mit ihr aushält. Sie schnarcht schrecklich laut. Hoffentlich hört man nicht mehr so gut, wenn man richtig verliebt ist.

Aus Mamas Schlafzimmer ist jetzt ein Nähzimmer geworden, wozu auch immer das gut sein mag. In dem Jahr, das wir jetzt in Hallondalen wohnen, hat Mama ihre Nähmaschine noch nicht mal ausgepackt.

»Wir haben den ganzen Tag geputzt und Möbel umgestellt«, sagt Mama. »Ich bin völlig geschafft. Aber ist doch gut geworden, oder?«

»Ja, wie gefällt es euch?«, fragt Lasse eifrig.

»Echt super«, antworten Kristin und ich artig.

Wir wissen beide, wie schwer er gearbeitet hat, um das Haus so herzurichten, und wie enttäuscht er wäre, wenn es uns nicht gefiele. Es ist auch wirklich super, viel heller und geräumiger als vorher. Obwohl es schon irgendwie ein komisches Gefühl ist, man fühlt sich zu Hause und fremd zugleich. Natürlich haben wir die Veränderungen wachsen sehen. Aber alles sieht ganz anders aus, jetzt, wo Werkzeuge, Bretter und Leitern verschwunden sind und die Möbel an ihren neuen Plätzen stehen.

Lasse konnte immer schon gut kochen, aber diesmal hat er sich selbst übertroffen. Als Vorspeise gibt es gratinierten Hummer, danach Rinderfilet im Schlafrock mit Gorgonzolasoße und zum Nachtisch Eis mit Baiserhäubchen. Lasse muss geschuftet haben wie ein Weltmeister, während Kristin und ich in der Schule waren.

Wir sitzen am großen Esstisch in unserem neuen Wohnzimmer. Seltsam, dass man jetzt direkt in Mamas und meine alte Wohnung gucken kann.

»Jetzt stoßen wir auf unsere neue Familie an«, sagt Lasse und hebt sein Glas. »Das hier ist einer der glücklichsten Tage in meinem Leben.«

Er ist sehr ernst und seine Augen sind feucht, als er uns alle ansieht. Mama strahlt ihn an. Ich versuche auch zu strahlen, um ihm eine Freude zu machen. Denn natürlich ist es schön und auch ein bisschen aufregend, plötzlich wieder eine richtige Familie zu sein. Aber es wird wohl etwas dauern, bis ich mich daran gewöhnt habe.

»Wir müssen jetzt in den Stall und die Pferde füttern«, sagt Kristin, als wir die letzten Reste vom Nachtisch verputzt haben.

Lasse und Mama scheinen kaum mitzukriegen, dass wir gehen. Sie sind voll und ganz damit beschäftigt, miteinander anzustoßen und sich zu küssen.

»Ich brauche jetzt einen schnellen Galopp, um den Kopf freizukriegen«, sagt Kristin. »Kommst du mit?«

»Ja, warum nicht«, sage ich.

Schnell satteln wir auf und reiten zum Wald. Kaum haben wir den Waldweg erreicht, drückt Kristin ihre Fersen in Olles Flanken. Vor Schreck keilt er nach hinten aus und stürmt los in vollem Galopp. Sonst lässt Kristin es immer ruhig angehen, wenn sie reitet. So herumzurasen ist gar nicht ihre Art. Aber jetzt ist sie wie verwandelt und treibt Olle an, immer schneller zu laufen.

Star muss alles geben, um nicht abgehängt zu werden. In vollem Karacho donnern wir zwischen den Baumstämmen hindurch. Die Hufe hämmern auf den Boden und der Wind zerrt an den Haaren. Erde und Tannennadeln wirbeln unter den Pferden auf. Es geht viel zu schnell, um Spaß zu machen.

»Langsamer«, rufe ich Kristin zu.

Aber sie hört nicht oder sie will nicht hören. Ihre Schenkel trommeln immer noch genauso heftig gegen Olles Flanken. Wir biegen um eine Kurve und der Weg wird schmaler. Auf diesem Abschnitt reiten wir sonst immer Schritt, weil die Zweige so tief herabhängen. Jetzt galoppieren wir in einem Wahnsinnstempo und ich habe eine Todesangst, dass mich einer der Tannenzweige aus dem Sattel fegt. Außerdem ist der Pfad voller Löcher, da kann es leicht passieren, dass die Pferde ins Stolpern geraten. Wenn Star bei diesem Tempo stürzt, breche ich mir den Hals, da bin ich ganz sicher. Die Tränen laufen mir übers Gesicht und ich beuge mich tief über Stars Hals und klammere mich an der Mähne fest.

»Halt an!«, schreie ich so laut ich kann.

Meine Stimme gellt vor Angst und Kristin wirft einen Blick über die Schulter zurück. Als sie mein verzerrtes Gesicht sieht, nimmt sie endlich die Zügel an. Es braucht sicher hundert Meter, bevor wir die Pferde zum Stehen bringen.

»Was ist los mit dir? Hast du komplett den Verstand verloren?«, heule ich. »Willst du, dass die Pferde sich die Beine brechen, oder was?«

Kristin antwortet erst nicht. Stattdessen springt sie von Olle und zieht mich von Stars Rücken. Heftig schlingt sie die Arme um mich. Ihr keuchender Atem pustet warm in mein Ohr.

»Entschuldige«, flüstert sie. »Ich wollte dir keine Angst einjagen.«

»Und warum hast du es dann getan?«

Kristin zuckt hilflos die Schultern.

»Ich weiß nicht genau. Vielleicht war es auf einmal ein bisschen viel Familienglück.«

»Willst du denn nicht, dass wir alle vier zusammenwohnen?«, wundere ich mich.

»Doch, das will ich schon. Aber ich bin hierher gezogen, um mehr von meinem Vater zu haben, und jetzt macht er fast nichts anderes mehr, als deine Mutter zu küssen. Das ist nicht gerade das, was ich mir erhofft hatte.«

»Das gibt sich bestimmt«, sage ich lahm.

Ich mache mir nämlich die gleichen Sorgen wie Kristin.

Mama und ich haben so lange allein gelebt. Daran hatte ich mich gewöhnt. Vielleicht wird es jetzt viel schöner, aber es kann auch schlechter werden.

»Wir haben ja immer noch uns«, sagt Kristin. »Ich habe mir immer eine kleine Schwester gewünscht und jetzt habe ich eine. Jedenfalls beinahe.«

Wir gehen langsam nebeneinander nach Hause, die Pferde im Schlepptau. Ich denke über Kristins Worte nach. Lasse sie auf der Zunge zergehen wie ein Bonbon. Ein richtig gutes Bonbon.

11

Die Tage fliegen dahin, ebenso die Wochen und plötzlich ist der Tag des Springturniers da. Kristin und ich reiten im Schritt zur Reitschule, um die Pferde nicht zu ermüden. Sie sollen so frisch wie möglich sein, wenn wir ankommen. Ich sitze mit geradem Rücken im Sattel und fühle mich hübscher als jemals zuvor. Die Reithosen sind frisch gewaschen und gebügelt. Die Stiefel habe ich gewienert, bis sie so blank waren wie die Schuhe vom fiesen Fritz. Über dem weißen Polohemd trage ich meine schwarze Reitjacke. Die, die ich für das Geld gekauft habe, das ich zur Belohnung bekam, nachdem Kristin und ich der Polizei beim Einfangen von zwei ausgebrochenen Sträflingen geholfen hatten. Zärtlich streiche ich mit den Fingern über das rote Seidenfutter am Revers. Die Jacke habe ich bisher nur zum Abschluss des Reitlagers getragen. Jetzt habe ich endlich wieder einen Anlass und es kribbelt ganz schön in meinem Bauch.

»Ach, du hast doch gar keinen Grund, nervös zu sein«, sagt Kristin abwehrend. »Keiner erwartet von dir, dass du dich platzierst. Wenn du bloß den Parcours heil überstehst, werden es alle für eine Glanzleistung halten. Bei mir ist das etwas ganz anderes, ich muss auf einen der ersten Plätze kommen. Olle hat eine Menge Turniere gewonnen, bevor ich ihn bekam; stell dir nur mal vor, wie peinlich es wäre, wenn er unter mir schlechtere Ergebnisse bringen würde.«

Als wir ankommen, ist noch viel Zeit bis zum Turnierbeginn, aber trotzdem wimmelt das Reitschulgelände schon von Menschen und Pferden. Es herrscht Feststimmung mit Lautsprechern und wehenden Fahnen an allen drei Fahnenstangen. Auf dem Außenplatz sind vier Hindernisse zum Warmspringen aufgebaut. Das Turnier selbst soll in der Halle stattfinden.

Mit geschultertem Zaumzeug läuft uns Anna über den Weg. Sie passt nicht auf und es ist nicht meine Schuld, dass Star ihr beinahe auf die Füße tritt. Trotzdem schreit sie mich wütend an:

»Halt gefälligst deinen Gaul zurück. Ist das jetzt deine neueste Masche, Leute über den Haufen zu reiten? Bildest du dir ein, du kannst einfach wild durch die Gegend trampeln, bloß weil du ein eigenes Pferd hast?«

Das ist so gemein, dass es mir die Sprache verschlägt. Ich kriege kein Wort heraus. Nur gut, dass Kristin dabei ist.

»Hör gar nicht hin. Sie ist es nicht wert«, sagt sie kalt und sieht hochmütig auf Anna hinunter.

Niemand kann ein so arrogantes Gesicht machen wie Kristin, wenn sie es darauf anlegt. Anna schlägt die Augen nieder und dackelt davon. Bei mir traut sie sich, aber vor Kristin hat sie einen Heidenrespekt.

An der Stalltür hängen die Startlisten für die verschiedenen Schwierigkeitsklassen. Kristin ist für zwei Prüfungen gemeldet, Star und ich starten nur beim Anfängerspringen mit den allerniedrigsten Hindernissen. Das ist mehr als genug für mich.

»Vergiss nicht, dass in deiner Klasse nach Zeit entschieden wird und es keinen zweiten Umlauf gibt«, ermahnt Kristin mich. »Am wichtigsten ist ein fehlerfreier Ritt, aber du musst auch schnell sein.«

»Ja, ja«, sage ich lachend.

Für sie mag es wichtig sein, keine Fehlerpunkte zu machen und eine schnelle Zeit zu reiten. Mir dagegen reicht es, zu überleben. Neugierig lasse ich meinen Blick über die Teilnehmerliste meiner Klasse wandern. Da, mit der Startnummer neun, stehen unsere Namen geschrieben, Stars und meiner. Sie leuchten mich an, als wären sie Neonbuchstaben.

Es sind nicht nur Privatpferde gemeldet, sondern auch einige Schulponys. Jäh bleiben meine Augen an einem Eintrag hängen. Startnummer drei sind Anna und Putte!

Es ist mir egal, ob ich einen Preis gewinne, aber ich muss auf jeden Fall besser abschneiden als Anna! Das muss ich ganz einfach. Anna hat sich bestimmt auch vorgenommen, besser zu sein als ich. Das hier wird nicht nur ein ganz normaler Wettkampf, das wird auch ein Kampf zwischen uns beiden. Bei dem Gedanken wird mir ganz schlecht vor Aufregung. »Hast du gesehen?«, sage ich und knuffe Kristin in die Seite. »Anna macht auch mit.«

»Wage es ja nicht, gegen sie zu verlieren«, sagt Kristin. »Wenn du das machst, rede ich kein Wort mehr mit dir. Jetzt komm, du musst den Parcours abschreiten. Ich halte Star solange.«

Bevor ich gehe, lasse ich meine Augen schnell noch über den Rest der Startliste huschen. Es ist spannend zu sehen, wer alles dabei ist. Jonte natürlich, er hat die Startnummer dreizehn. Die blasse Jeanette und die zickige Berit aus dem Springkurs sind auch gemeldet. Komisch, dass Berit sich bei den Anfängern eingetragen hat, wo sie sich doch selbst für so tüchtig hält.

Mir bricht der kalte Schweiß aus, als ich den Parcours sehe. Die Hindernisse sind nicht höher als die, über die ich beim Training gesprungen bin, aber sie erscheinen mir trotzdem unheimlich schwer. Vielleicht kommt das von der aufgeladenen Stimmung in der Halle. Alle Teilnehmer des Anfängerspringens schreiten den Parcours ab, um ihn auswendig zu lernen. Einige haben jemanden dabei, der ihnen erklärt, was sie tun sollen. Leise flüstern sie miteinander, damit niemand die guten Ratschläge belauschen kann.

Ich halte Ausschau nach Jonte, aber er ist nirgends zu sehen. Anna geht auch den Parcours ab. Sie macht es zusammen mit den anderen, die auf Schulponys starten, und Maggan gibt ihnen Tipps. Ich werfe neidische Blicke in ihre Richtung. Wenn Anna nicht da wäre, würde ich hingehen, aber so bin ich gezwungen, alleine zurechtzukommen. Ich fühle mich ziemlich einsam, während ich die Hindernisse abschreite und ein Gesicht zu machen versuche, als wüsste ich genau Bescheid.

Als ich der Meinung bin, den Parcours auswendig zu kennen, gehe ich wieder nach draußen und suche Star. Kristin steht mit ihm am Außenplatz und wartet. Neben ihr steht Jonte mit Daisy.

»Hallo, Lisa!«, ruft Jonte. »Bist du schon aufgeregt?«

»Geht so«, sage ich.

»Keine Bange, denen werden wir es schon zeigen«, sagt Jonte übermütig.

Aber ich kenne ihn gut genug, um zu merken, dass er hinter seiner fröhlichen Miene mindestens ebenso nervös ist wie ich. Am liebsten würde ich meine Teilnahme an dem Springen abblasen. Aber wie sollte ich das wohl anstellen, ohne dass alle denken, ich hätte Angst? Denn Angst habe ich wirklich.

Es wird ein wenig besser, als ich aufsitze. Star ist munter und aufgekratzt. Ein bisschen sehr aufgekratzt. Als ich probehalber angaloppiere, schnaubt er und macht eine Reihe fröhlicher Bocksprünge. Ein kleines Mädchen, das am Gatter steht, ruft laut:

»Guck mal das wilde Pferd da! Auf dem würde ich nie reiten. Ganz schön mutig von dem Mädchen, nicht, Mama?«

Mutig? Da kann ich nur kichern. Die Kleine weiß ja nicht, wie sehr sie sich irrt.

Es ist schon ziemlich eng auf dem Platz vor lauter Reitern. Und es ist ganz unterschiedlich, wie sie ihre Pferde warm reiten. Manche reiten im Schritt immer nur rundherum, bis ihre Ponys ganz gelangweilt und müde aussehen. Andere rasen in vollem Galopp und springen immer wieder über die Hindernisse. Ich selbst versuche einen Platz zu finden, wo ich einige Volten traben kann, und lasse Star dann angaloppieren.

»Jetzt spring doch mal«, ruft Kristin ungeduldig.

Ich reite mit Star auf das niedrigste Hindernis zu und er nimmt bereitwillig Tempo auf. Aber kurz bevor er abspringen will, kommt ihm ein kleines braunes Pony in die Quere und läuft einfach zwischen Star und das Hindernis. Star wirft sich zur Seite. Ich nicht.

Mit dem Kopf voran fliege ich aus dem Sattel und lande krachend mitten im Hindernis. Die Luft wird aus meinen Lungen gepresst und meine Rippen purzeln durcheinander wie eine Hand voll Mikadostäbchen. Der Schmerz kommt erst nach einigen Sekunden, aber dann rast er ohne Anfang und Ende durch den ganzen Körper. Ich bleibe regungslos liegen und traue mich nicht, die Augen zu öffnen. Es ist ganz still um mich herum, bis ich eine Stimme fragen höre:

»Ist sie tot?«

In dem Moment weiß ich selbst nicht so genau, ob ich tot bin oder nicht. Nicht auszuschließen, dass ich es bin. Im nächsten Moment fühle ich, wie starke Arme mich hochheben. Ich wage immer noch nicht, durch die Wimpern zu blinzeln. Falls meine Arme und Beine gebrochen sind, will ich nicht sehen müssen, wie die Knochen komisch verrenkt aus der Haut stechen.

»Kannst du mich hören, Lisa?«, fragt eine Stimme. »Antworte, wenn du mich hörst.«

Das ist Maggan.

»Bin ich tot?«, frage ich leise.

»Sieht nicht so aus«, antwortet Maggan.

Vorsichtig schlage ich die Augen auf und sehe zu ihr hoch. Was für ein schönes Gefühl, dass sie da ist.

»Habe ich mir was gebrochen?«, frage ich.

»Versuch mal, dich zu bewegen«, schlägt Maggan vor.

Ich wedle ein bisschen mit der einen Hand und es geht. Die andere Hand kann ich auch bewegen, die Füße ebenso. Mühsam setze ich mich auf. Mein Kopf ist ein bisschen schwindelig und der Brustkorb tut weh, aber die schlimmsten Schmerzen sind weg.

»Dass es verdammt noch mal immer Leute geben muss, die sich nicht vorsehen können«, schimpft Maggan und wirft einen wütenden Blick über ihre Schulter.

Da steht das braune Pony, das Star vor die Beine lief. Auf

seinem Rücken sitzt ein kleines blondes Mädchen mit Tränen in den Augen. Sie sieht so erschrocken aus, dass sie mir direkt Leid tut.

»Wie schade, dass du dein erstes Springturnier jetzt nicht antreten kannst«, sagt Maggan. »Du wirst natürlich noch öfter die Chance haben, aber das ist jetzt wohl auch kein großer Trost.«

Meine erste Reaktion ist Erleichterung. Ich muss nicht starten. Niemand kann behaupten, ich sei feige gewesen, nach diesem Sturz hier. Aber als ich den Kopf zur Seite drehe, sehe ich Anna, die im Hintergrund geblieben ist. Obwohl sie ein Stück entfernt steht, kann ich sehen, wie zufrieden sie ist. Sie grinst von einem Ohr zum anderen. Das gibt den Ausschlag.

»Natürlich trete ich an«, sage ich und rapple mich auf. »Ich bin völlig okay.«

»Bist du sicher? Du bist wirklich schwer gestürzt. Du musst Schmerzen haben«, sagt Maggan.

»Nein, mir tut nichts weh«, schwindle ich.

Natürlich tut mir jeder einzelne Knochen weh. Aber das wird mich nicht abhalten. Ich würde wer weiß was tun, um Anna dieses widerliche Grinsen aus der Fresse zu radieren.

Ich reite ein paar Runden Schritt und Trab. In meinem Kopf dreht sich immer noch alles und das eine Bein schmerzt. Aber ich kann reiten. Ich nehme wieder Kurs auf das Hindernis. Jetzt halten alle anderen gehörigen Abstand. Ich habe ein bisschen Angst, dass Star Geschmack daran gefunden hat, sich zur Seite zu werfen. Aber nein, er springt gehorsam mitten über das Hindernis. Star und ich sind bereit, in das Match gegen Anna zu gehen.

Jetzt knackt es in den Lautsprechern, die Musik verstummt. Zeit, an den Start zu gehen. Das Turnier hat begonnen.

»Startnummer eins ist Alf Nyqvist auf Goliat«, tönt es aus dem Lautsprecher.

Ein Junge mit hellbraunen Haaren und verbissener Miene löst sich aus der Menge und verschwindet mit seinem kleinen weißen Pony in der Halle.

»Kannst du Star für mich halten?«, rufe ich Kristin zu. »Anna startet als Dritte und ich muss sehen, wie sie reitet.«

Die Tribüne ist voller Leute. Ich drängle mich nach vorn, um besser sehen zu können. Das kleine weiße Pony hat einen witzigen Springstil. Nach jedem Hindernis senkt es den Kopf und keilt nach hinten aus. Der Junge auf seinem Rücken treibt es hektisch vorwärts. Sie schaffen den Parcours ohne Fehler.

Den nächsten Ritt beobachte ich nicht. Ich habe entdeckt, dass Mama und Lasse ganz vorn an der Brüstung gegenüber stehen. Sie halten Händchen und sehen verliebter aus als je zuvor. Ich winke ihnen zu, aber sie sehen mich nicht.

Jetzt ist Anna dran. Sie trabt auf Putte herein und lächelt schüchtern ins Publikum. Ihre runden Wangen sind rot und sie macht ein ängstliches Gesicht. Ich muss plötzlich daran denken, wie wir beide reiten gelernt haben, sie und ich zusammen, hier in dieser Reithalle. Wir waren wirklich dicke Freundinnen und die glücklichsten Mädchen der Welt, als wir Pferdemädchen für Sigge und Putte werden durften. Wirklich traurig, dass es so gekommen ist, wie es jetzt ist.

Putte ist das faulste Pony der Reitschule, aber Anna hat es immer verstanden, ihn zum Laufen zu bringen. Als das Startsignal ertönt, gibt sie ihm die Schenkel und schlägt ihn gleichzeitig leicht mit der Gerte. Puttes kräftige Gotländerbeine setzen sich in Bewegung und das erste Hindernis nimmt er in gutem Tempo. Das zweite steht kurz vor dem Ausgang und Putte wird ganz von allein schneller. Aber danach müssen sie kehrt machen und auf die Tribüne zusteuern. Und das will Putte nicht.

Er sperrt sich mit aller Kraft dagegen, während Anna ihn wie wild vorwärts treibt. Damit er kehrt macht, muss sie ihn zweimal kräftig mit der Gerte anfeuern. Widerwillig findet Putte sich in sein Schicksal und galoppiert wieder an. Aber je näher er dem Hindernis kommt, desto langsamer wird er. Fünf Meter vor dem Sprung fällt er in Trab, und direkt davor bleibt er stehen.

Anna weigert sich aufzugeben. Sie *will* über dieses Hindernis. Aber wie sehr sie ihn auch antreibt – Putte steht da, wo er steht, und tut so, als ginge ihn das alles nichts an. Obwohl ich so wütend auf Anna bin, fühle ich doch mit ihr. Ich kann mir gut vorstellen, wie ihr jetzt zumute ist. In wenigen Minuten wird es mir nicht besser gehen.

Nach zwei weiteren vergeblichen Versuchen muss Anna aufgeben. Als sie aus der Halle reitet, sieht sie zur Tribüne hoch und entdeckt mich. Unsere Blicke treffen sich. Ihre Augen sind so voller Hass, dass es mir Angst einjagt. Dass ich ihre Blamage gesehen habe, verzeiht sie mir nie.

»Geschieht ihr nur recht«, sagt Kristin, als ich zum Außenplatz zurückkehre und erzähle, wie es Anna ergangen ist.

»Mir tut sie Leid«, sage ich.

»Spiel jetzt bloß nicht Mutter Teresa«, prustet Kristin los. »Glaubst du, Anna hätte auch nur einen Funken Mitgefühl, wenn Star verweigern würde? Nee, meine Liebe, ich schwöre dir, sie würde vor Freude tanzen. Hast du nicht gesehen, wie sie gegrinst hat, als du gestürzt bist? Die hat genau das gekriegt, was sie verdient hat, die blöde Kuh. Jetzt konzentrier dich lieber, gleich bist du dran. Versprich mir, dass du dein Bestes gibst, um die Familienehre zu verteidigen. Ich halte dir beide Daumen.«

Ich lasse Star am langen Zügel Schritt gehen, während ich warte. Reiter auf Reiter verschwindet in der Halle, um wenige Minuten später wieder herauszukommen. Einige haben einen fehlerfreien Ritt hingelegt, andere haben eine Menge Fehlerpunkte kassiert. Ich versuche, nicht daran zu denken, wie Star und ich wohl abschneiden werden. Nicht mehr lange, dann weiß ich es.

Startnummer acht reitet aus der Halle und dann knackt es im Lautsprecher.

»Wir bitten um Ihre Aufmerksamkeit. Die angekündigte nächste Teilnehmerin, Lisa Andersson auf Star, kann nicht starten, da ihr Pferd lahmt. Deshalb bitten wir nun die Nummer zehn, Elin Johansson auf Pontus, an den Start zu kommen.«

Völlig verwirrt sehe ich mich um. Was ist denn jetzt los? Star lahmt überhaupt nicht. Wir sind absolut bereit für den Wettkampf und plötzlich sind wir von der Teilnehmerliste gestrichen und dürfen nicht mitmachen? Kristin kommt angerannt.

»Was hast du dir jetzt einfallen lassen?«, ruft sie schon von weitem. »Wieso hast du gekniffen, du Feigling!«

»Ich habe doch überhaupt nichts gemacht«, schreie ich wütend.

Es reicht schon, nicht starten zu dürfen. Da will ich nicht auch noch als Feigling beschimpft werden.

»Und wieso bist du jetzt nicht dran?«, fragt Kristin.

»Woher soll ich denn das wissen!«

»Da ist doch was oberfaul«, sagt Kristin. »Warte hier, ich hole Maggan.«

12

Kristin verschwindet. Ich bleibe an meinem Platz und weiß nicht, was ich jetzt machen soll. Das ganze Training, all die Gedanken und die Nervosität, das alles war ganz umsonst. Für mich ist das Turnier gelaufen.

»Du …«, höre ich plötzlich eine dünne Stimme neben mir.

Erstaunt sehe ich, dass sie dem kleinen Mädchen auf dem braunen Pony gehört, das meinen Sturz verursacht hat. Sie sieht mich mit großen, ängstlichen Augen an.

»Hat er sich so wehgetan, dass ihr nicht starten könnt?«, fragt sie leise und zeigt auf Star. »Entschuldige bitte, es war mein Fehler. Ich wollte euch nicht in den Weg reiten.«

»Er lahmt nicht, du musst dir keine Sorgen machen«, antworte ich. »Das Ganze ist nur ein Missverständnis.«

»Ich versteh das nicht«, sagt das blonde Mädchen. »Ist ja komisch …«

»Ich verstehe es auch nicht«, sage ich.

Das blonde Mädchen schüttelt den Kopf.

»Das habe ich nicht gemeint. Ich meinte etwas anderes. Ich wollte nicht lauschen, es war einfach Zufall. Und zuerst bekam ich einen Riesenschreck, aber wenn es nicht stimmt, weiß ich gar nicht mehr, was …«

»Ja? Was denn?« Jetzt bin ich doch neugierig geworden. »Erzähl mir, was du gehört hast. Ist mir egal, ob du gelauscht hast oder nicht.«

»Na ja, dieses dunkelhaarige Mädchen, du weißt schon, die Putte reitet … Sie sagte zu einer der Pferdepflegerinnen im Stall, sie solle ins Büro laufen und Bescheid sagen, dass Star lahmt. Aber warum hat sie das gesagt, wenn es doch gar nicht stimmt?«

Da geht mir ein Licht auf. Anna. Dass ich nicht gleich daran gedacht habe.

Als Kristin und Maggan angelaufen kommen, erkläre ich ihnen rasch, was ich inzwischen herausgefunden habe.

»Ich bring sie um«, zischt Kristin. »Wird mir ein Vergnügen sein.«

Maggan lacht lauthals.

»Das halte ich für keine so gute Idee. Lass das mal meine Sorge sein. Aber zuerst werde ich den Richtern sagen, dass du natürlich teilnimmst, Lisa. Mach dich fertig zum Start!«

Ich sitze wie betäubt im Sattel, völlig durcheinander von allem, was um mich herum passiert. Erst mein Bauchklatscher mitten in das Hindernis und jetzt die Sache mit Anna. Ich kann doch kein Springen reiten, so verwirrt, wie ich bin. Ich weiß ja nicht mal mehr die Reihenfolge der Hindernisse.

Kristin klopft mir beruhigend aufs Knie.

»Du reitest jetzt, wie du noch nie zuvor geritten bist, Lisa. Du und Star, ihr zeigt Anna und allen anderen, was in euch steckt.«

Ihre Worte bohren sich tief in mich hinein. Sie hat Recht. Das hier ist meine Chance, allen zu zeigen, was für ein fantastisches Pony Star ist. Diese Chance lasse ich mir von Anna nicht kaputtmachen. Und plötzlich geht alles ganz schnell. Mein Name wird durch den Lautsprecher aufgerufen und ich trabe in die Halle hinein.

Star sieht sich verwirrt um. Er war noch nie allein hier

drinnen und scheint sich zu wundern, wo denn all die anderen Pferde sind. Ich bin nicht weniger verwirrt. Außerdem tut mir immer noch alles weh nach meiner Bauchlandung. Verzweifelt versuche ich mich daran zu erinnern, was Maggan mir im Springkurs beigebracht hat, aber mein Kopf ist komplett leer. Die Tribüne ist vollgepackt mit Menschen. Irgendwo dazwischen sind Mama und Lasse. Kristin ist da und Jonte auch. Aber hier in der Bahn sind nur Star und ich. Uns kann keiner helfen.

Als das Startsignal ertönt, versuche ich anzugaloppieren. Aber Star ist immer noch durcheinander und unkonzentriert. Er schüttelt nur den Kopf und macht einen Schritt zur Seite. Wir haben eine Minute, um die Startlinie zu überqueren. Schaffen wir das nicht, sind wir disqualifiziert. Auf der Tribüne ist es mäuschenstill. Panik steigt in mir auf. Das schaffen wir nie. Anna ist wegen Verweigerung rausgeflogen, aber ich komme nicht mal über die Startlinie. Wie sehr sie das freuen wird! Dieser Gedanke weckt in mir wieder den Kampfgeist. So leicht gebe ich mich nicht geschlagen.

»Na los, mein Junge«, flüstere ich. »Jetzt zeigen wir es ihnen.«

Entschlossen presse ich die Schenkel in seine Flanken und schwenke drohend die Gerte. Endlich setzt Star sich in Bewegung. Aber sein Galopp ist kantig und steif und nicht so kraftvoll wie gewohnt. Wir überqueren die Startlinie und ich lenke Star auf das erste Hindernis zu. Normalerweise spitzt er dann immer die Ohren und rennt los, sobald er begriffen hat, dass er springen soll. Jetzt scheint er das Hindernis nicht mal zu sehen. Als er unmittelbar davor ist, weiß ich, dass er gleich verweigern wird. Das darf auf keinen Fall passieren.

»Hopp!«, rufe ich und das Wunder geschieht.

Mein Ruf weckt Star auf. Er hebt beide Vorderbeine zugleich und springt. Das ist bestimmt der schlechteste Sprung aller Zeiten, aber wir überwinden das Hindernis jedenfalls ohne Abwurf. Bei der Landung rutscht mir die Reitkappe auf die Nase und ich verliere beide Steigbügel. Bevor ich sie wiederfinde, ist Star schon unterwegs zum nächsten Hindernis.

Jetzt ist er auf einmal genauso voller Springfreude wie immer. Ich pfeife auf die Steigbügel und halte mich stattdessen an der Mähne fest. Wir fliegen über Hindernis Nummer zwei. In der Kurve sind wir viel zu schnell und für den Bruchteil einer Sekunde habe ich das Gefühl, dass Star gleich wegrutscht. Das Publikum auf der Tribüne saugt die Luft ein. Aber Star schafft es, das Gleichgewicht zu halten, und als wir uns dem dritten Hindernis nähern, finden meine Füße die Steigbügel wieder.

Star springt viel zu früh ab, aber er lässt sich davon nicht irritieren. Er streckt sich zu einem richtigen Tigersprung und überfliegt das Hindernis mit gutem Abstand. Das macht ja richtig Spaß! Star will springen. Er ist voller Kraft, die mich ansteckt. Anna ist vergessen, die Zuschauer auch. Jetzt gibt es nur noch Star und mich und eine Menge Hindernisse, die wir schaffen müssen.

Der Doppeloxer klappt unglaublich gut. Wir springen genau richtig ab, nehmen das erste Hindernis, dann zwei Galoppsprünge und ein Satz über das zweite. Passt super. Die beiden letzten Hindernisse überwinden wir in einem

Wahnsinnstempo und preschen dann über die Ziellinie.

»Lisa Andersson auf Star mit null Fehlerpunkten und einer Zeit von 43,7«, tönt es aus den Lautsprechern.

Erst da begreife ich, was geschehen ist. Star und ich sind fehlerfrei geritten. Wir haben unsere allererste Springprüfung ohne einen einzigen Fehlerpunkt bestanden. Das ist so unglaublich, dass ich es kaum fassen kann.

Eine Menge Leute umringen uns, als wir aus der Halle reiten. Mama, Lasse, Elisabeth, Jonte, Maggan und Kristin. Alle sind da. Zu meiner großen Überraschung sehe ich, dass sogar Papa gekommen ist.

»Du hast es geschafft! Ich hab ja gesagt, dass du es schaffst«, ruft Kristin.

Mama zieht mich von Star herunter und schließt mich ganz fest in die Arme.

»So was Tollkühnes hab ich ja überhaupt noch nicht gesehen. Ich konnte kaum hingucken«, sagt sie.

»Das sah wirklich lebensgefährlich aus«, sagt Papa, aber seine Augen leuchten vor Stolz.

Ich lehne die Stirn gegen Stars weichen Hals. Das hier ist fast zu viel Glück auf einmal. Vielleicht wache ich gleich auf und stelle fest, dass ich alles nur geträumt habe? Meine Beine zittern und ich kann kaum gerade stehen.

»Jetzt musst du mir die Daumen drücken«, sagt Jonte. »Gleich bin ich dran.«

»Ich kann Star für dich halten, während du Jonte zuschaust«, bietet Mama an.

Zum zweiten Mal an diesem Tag drängle ich mich auf die Tribüne. Als Nächste startet Jeanette. Sie ist blasser als je zuvor, ihre Augen sind wie schwarze Löcher in dem weißen Gesicht. Ihr Schimmel springt unkonzentriert und der Galopp ist zäh wie Sirup. Sie haben zwei Abwürfe und Jeanette sieht eher erleichtert als enttäuscht aus, als sie über die Ziellinie reitet.

Als Jonte an der Reihe ist, balle ich die Hände in meinen Taschen. Ich bin jetzt fast noch aufgeregter als bei meinem eigenen Ritt. Aber Jonte macht überhaupt keinen nervösen Eindruck. Genau wie bei unserem Referat neulich in der Schule scheint er es zu genießen, im Mittelpunkt zu stehen. Seine Augen leuchten erwartungsvoll und er kitzelt Daisy mit der Gerte, nur damit sie ein bisschen herumtänzelt.

Als das Startsignal kommt, rast Daisy los und Jonte treibt sie noch dazu an. Maggans Ermahnungen, es ruhig angehen zu lassen, sind vergessen. Daisy ist geschmeidig und schnell und Jonte völlig furchtlos. Über die ersten beiden Hindernisse fliegen sie nur so hinüber. Die Kurve nehmen sie viel zu eng, so dass Daisy schräg auf die Triplebarre zusteuert. Trotzdem springt sie ab und streift die oberste Stange. Die wackelt bedenklich, bleibt aber liegen.

Jetzt wird Daisy noch schneller. Es sieht lebensgefährlich aus. Ich frage mich, ob Jonte sie eigentlich noch unter Kontrolle hat oder ob er sich bloß noch festhält und hofft, dass alles gut geht. Wie die beiden den Doppeloxer schaffen, ist mir ein Rätsel. Daisy springt vor dem ersten Oxer viel zu früh ab und vertritt sich vor dem zweiten. Trotzdem tricksen sie sich irgendwie rüber, ohne eine Stange abzuwerfen.

»*Yeees!*«, schreit Jonte, als sie über die Ziellinie fegen.

Die Zuschauer lachen und applaudieren. Ich laufe hin, um den beiden zu gratulieren. Jonte strahlt mich an.

»Ab sofort werde ich unerträglich eingebildet sein«, grinst er selig.

Wir warten ungeduldig darauf, dass die restlichen Teilnehmer ihren Durchgang hinter sich bringen. Jonte müsste eigentlich gute Aussichten auf einen Preis haben, so schnell wie er geritten ist.

Die zickige Berit reitet mit hoch erhobener Nase hinein. Eine Minute später kommt sie wieder heraus, hinkend und den Rücken voller Sägespäne. Von der Zuschauertribüne stürzt ihr Mann herbei.

»Du warst trotzdem die Beste, Liebling!«, ruft er aufmunternd.

Er ist wirklich eine treue Seele. Berit weiß das anscheinend gar nicht zu schätzen, sie schnaubt bloß und würdigt ihn keines Blickes.

Die Musik aus den Lautsprechern bricht ab. Jonte und ich kneifen einander vor Spannung.

»Kommen wir nun zur Preisvergabe im Anfängerspringen«, tönt es aus dem Lautsprecher. »Platz eins Elin Johansson auf Pontus, Platz zwei Jonte Ewerts auf Daisy, Platz drei Barbro Lindström auf Fever Heat, Platz vier Alf Nyqvist auf Goliat und Platz fünf Lisa Andersson auf Star. Ich bitte die Preisträger, sich in der Halle einzufinden.«

Es dauert bestimmt eine ganze Minute, bis die Worte in meinem Bewusstsein angekommen sind und ich begreife, was das bedeutet.

Jonte zieht ein enttäuschtes Gesicht.

»Ich war ganz sicher, dass ich gewinne. Wie zum Henker konnte jemand schneller sein als ich? Was ist los, Lisa? Du siehst aus, als ob du gleich umkippst.«

»Hast du nicht gehört?«, flüstere ich. »Star und ich sind auf Platz fünf!«

»Echt? Wow, was sind wir doch für ein Paar! Zweiter und fünfter Platz«, lacht Jonte.

»Sind wir ein Paar?«, schießt es mir durch den Kopf. Meine Beine zittern und in meinem Kopf dreht sich alles. Mama kommt mit Star im Schlepptau angelaufen und ich klettere glücklich in den Sattel.

In der Reithalle erwartet Maggan uns. Sie soll die Preise verteilen. Als sie Jonte seinen zweiten Preis gibt, sieht sie ihn mit ernster Miene an.

»Deine Vorstellung war eine der schlechtesten, die ich in meinem ganzen Leben gesehen habe. Hast du eigentlich nichts von all dem begriffen, was ich dir beizubringen versucht habe?«

»Daisy wollte schnell sein«, verteidigt Jonte sich und grinst so glücklich, dass Maggan ihr strenges Gesicht nicht länger beibehalten kann.

Ich bekomme als Preis einen roten Führstrick und eine Urkunde. Star erhält eine grüne Schleife, die am Stirnriemen befestigt wird.

»Meinen Glückwunsch, das ging ja wirklich ganz gut«, sagt Maggan.

Sie grinst mich neckisch an.

»Du glaubst doch wohl hoffentlich nicht, dass Star und du jetzt fertig ausgebildet seid. Euer Stil kann durchaus ein wenig Schliff vertragen. Ich schlage zum Beispiel vor, dass du beim nächsten Turnier zur Abwechslung mal die Steigbügel benutzt. Nach der Ehrenrunde treffen wir uns in meinem Büro. Anna wartet dort auf uns.«

Während die Zuschauer klatschen, galoppieren wir Preisträger eine Runde durch die Halle. Die Bänder an Stars Schleife flattern genau so, wie es sich gehört, und ich frage mich, ob man noch glücklicher sein kann als ich in diesem Moment.

Mama übernimmt Star und füttert ihn mit Mohrrüben, während ich in Maggans Büro gehe. Kristin besteht darauf, mitzukommen.

»Versuch doch, mich davon abzuhalten, wenn du kannst«, lacht sie. »Ich will Anna nur kurz sagen, was ich von ihr halte.«

Anna sitzt auf einem wackeligen Stuhl im Büro. Ihre Augen sind rot geweint und ihre Haare verwuschelt.

»Entschuldige, das wollte ich nicht«, sagt sie kleinlaut und sieht mich unter ihrem Pony hervor kläglich an.

»Du miese kleine Ratte, natürlich hast du das gewollt«, blafft Kristin sie an. »Wieso hättest du es sonst tun sollen? Das Einzige, was du nicht wolltest, war, dass man dir auf die Schliche kommt.«

»Lass nur, Kristin«, sagt Maggan. »Ich habe Anna schon gesagt, was ich von ihrem Vorgehen halte. Wenn du so etwas noch einmal machst, fliegst du aus der Reitschule. Hast du mich verstanden?«

Anna nickt. Ich sehe sie an. Sie hat versucht, mir zu schaden, und ich sollte wütend auf sie sein. Ich drehe meinen neuen roten Führstrick in den Händen. Im Moment ist in mir gar kein Platz für Wut.

»Lasst sie in Ruhe«, sage ich. »Es ist ja nichts passiert. Es hat sich am Ende doch alles geklärt.«

Insgeheim hoffe ich, dass Anna aufhört, meine Feindin zu

sein. Aber Anna wirft mir nur einen gehässigen Blick zu, bevor sie aus dem Raum schleicht.

»Die läuft ja beinahe über vor Dankbarkeit«, lacht Kristin. »Du bist wirklich hoffnungslos, Lisa. Bei manchen Menschen lohnt es sich einfach nicht, nett zu ihnen zu sein, kapierst du das nicht? Sie wird sich was Neues ausdenken, da kannst du Gift drauf nehmen.«

Ich zucke die Schultern. Darüber mache ich mir jetzt keine Sorgen. Den Rest dieses wunderbaren Tages will ich einfach nur glücklich sein.

»Musst du nicht bald an den Start?«, frage ich, und da hat Kristin es auf einmal eilig.

Mama steht mit Star immer noch da, wo ich sie verlassen habe. Mit der einen Hand hält sie Stars Zügel, die andere hat sie um Lasses Taille gelegt. Papa nähert sich zögernd von der Seite. Er hat nicht mehr mit Mama geredet, seit er betrunken auf unserem Sofa lag und schnarchte.

»Ich muss mich wohl bei euch entschuldigen«, sagt Papa und scharrt verlegen mit dem Fuß.

Er sieht unglaublich bedeppert aus. Mama sieht ihn belustigt an.

»Keine Ursache«, entgegnet Lasse. »So was Ähnliches ist mir auch schon passiert. Besuch uns doch mal mit deiner Familie. Ruf vorher an, dann machen wir ein schönes Essen. Wird sicher nett.«

»Sicher«, sagt Papa, aber sehr überzeugt sieht er nicht aus. Er räuspert sich und sein Blick irrt ziellos herum.

»Ich hoffe, ihr werdet glücklich alle miteinander«, bringt er schließlich heraus.

Da lässt Mama Lasses Hüfte los und schlingt beide Arme

um Papas Hals. Er steht stocksteif da und scheint nicht zu wissen, wohin mit den Händen. Als Mama ihn freigibt, sieht sie ihn lange an und lächelt. Papa lächelt zurück.

Viele Jahre lang waren sie zerstritten, seit dem Tag der Scheidung. Kaum haben sie sich gesehen, haben sie sich gefetzt. Ich kann schon nicht mehr zählen, wie oft ich mich nach ihren Zankereien in den Schlaf geweint habe. Vielleicht ist es ja nun damit vorbei.

Auf einmal weiß ich, dass man noch glücklicher sein kann, als ich es bei der Ehrenrunde auf Stars Rücken war.

Hallo,

willst du noch mehr über Lisa und die Pferde erfahren? Lisa hat ja schon viel Spannendes erlebt: erst die Sache mit ihrem Pflegepferd Sigge und wie es dazu kam, dass Lisa Pferdebesitzerin wurde. Und dann das große Rennen mit Star, der aufregende Reiturlaub und schließlich das Reitlager. Wie das alles damals genau war, erfährst du in den ersten sechs Bänden:

Lisas Traum (ISBN 3-440-08801-4)
Ein Pferd für Lisa (ISBN 3-440-08802-2)
Lisa Andersson, Pferdebesitzerin (ISBN 3-440-08803-0)
Lisa, fertig, los (ISBN 3-440-08804-9)
Lisas Abenteuerritt (ISBN 3-440-08805-7)
Gut gemacht, Lisa! (ISBN 3-440-08806-5)

Und natürlich auch, wie Lisa und ihre Mutter eigentlich nach Hallondalen kamen und die Sache mit Papa … Na, am besten, du liest es selbst.
Viel Spaß dabei wünscht dir

dein Kosmos-Team

Pferde und Reiten

Lisa und die Pferde!

Pia Hagmar
Lisa, verliebt!

128 Seiten
gebunden
ISBN 3-440-08807-3

Nach den Sommerferien trifft Lisa zu ihrer Überraschung Jonte wieder, in den sie sich im Reitlager verliebt hat. Gemeinsam melden sie sich zu einem Springkurs an. Wenn nur die eifersüchtige Anna nicht wäre, die eine Intrige nach der anderen spinnt!

In der Reihe bisher erschienen:

- **Lisas Traum**
  3-440-08801-4
- **Ein Pferd für Lisa**
  3-440-08802-2
- **Lisa Andersson, Pferdebesitzerin**
  3-440-08803-0
- **Lisa, fertig, los**
  3-440-08804-9
- **Lisas Abenteuerritt**
  3-440-08805-7
- **Gut gemacht, Lisa!**
  3-440-08806-5

www.kosmos.de

KOSMOS

Pferde und Reiten

Julia und die Pferde

Darauf hat Julia lange gewartet: Endlich darf sie Coffee anreiten. Ihr eigenes Pony! Wäre da bloß nicht dieses mulmige Gefühl, dass etwas schief gehen könnte. Was ist, wenn sie etwas falsch macht, Coffee sein Vertrauen zu ihr verliert oder er sie gar herunterbuckelt? Doch dann kommt der Tag, an dem sie es einfach wagen muss ...

Christiane Gohl
Julia – Am Ziel ihrer Träume

144 Seiten
gebunden

ISBN 3-440-09493-6

www.kosmos.de

KOSMOS

Erlebnis Pferde

Das ideale Nachschlagewerk

Alles Wissenswerte über Pferde und Reiten, knapp, verständlich und übersichtlich:

- Entwicklung des Pferdes
- Anatomie und Körpersprache
- Pferde- und Ponyrassen
- Pflege und Haltung
- Ausbildung
- Ausrüstung für Pferd und Reiter
- Grundlagen des Reitens
- Berühmte Pferde
- Verwandte des Pferdes

Bush/Reid
Mein Kosmos Reiterlexikon

128 Seiten, 630 Abb.
gebunden

ISBN 3-440-07922-8

www.kosmos.de

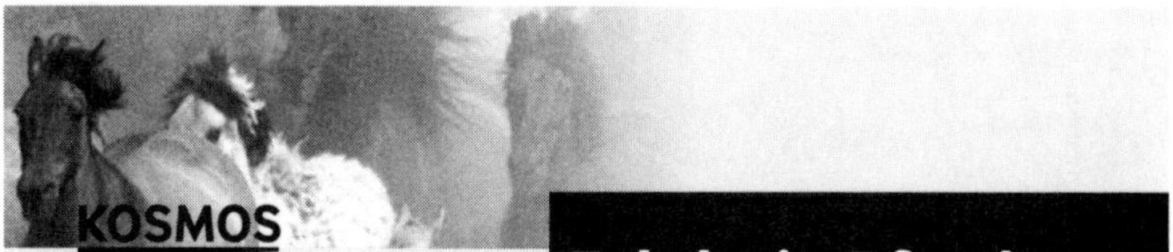

KOSMOS

Erlebnis Pferd

Speziell für junge Pferdefreunde!

In diesem Buch finden Pferdefreunde einfach alles rund ums Thema Pferd. Keine Frage bleibt unbeantwortet – egal, ob zu den verschiedenen Rassen, zum Reitenlernen, zur Pferdepflege oder zu den Reitabzeichen.

- Tipps zum Umgang mit Pferden
- Reitweisen aus aller Welt
- Die perfekte Pflege

Christiane Gohl
Das große Kosmos Pferdebuch

320 Seiten
über 600 Abbildungen
gebunden

ISBN 3-440-09345-X

www.kosmos.de